セイ
“聖女召喚の儀”で喚び出された20代OL、小鳥遊《たかなし》聖《せい》。全ての能力が5割増しになる聖女パワーを発揮中
「ここに来てから、すごく綺麗になった」
ジュード
薬用植物研究所の研究員。人懐っこく面倒見が良い、セイの教育係

――『エリアヒール』
どうか上手く治りますように。
そう祈りながら、私は魔法を唱えた。

ここで治してしまったら、
一般人だと言い張るのは難しくなると思う。
でも、見てしまった以上、結局は治すことになるんだろう。
見なかったフリをして立ち去っても、
きっと気になって戻ってしまう気がする。
心がもやもやしてね。

「聖属性魔法レベル∞《無限大》ってどういうこと？」
「ありがとう、君のおかげで助かった」
アルベルト・ホーク
氷の騎士様と呼ばれている第三騎士団の団長。瀕死の重傷のところをセイに助けられた
聖女の魔力は万能です
The power of the saint is all around.

口絵・本文イラスト
珠梨やすゆき

装丁
ムシカゴグラフィクス

Author
橘由華
Illustration
珠梨やすゆき
聖女の魔力は万能です
The power of the saint is all around.

Contents

The power of the saint is all around.

プロローグ

ある日突然【聖女召喚の儀】で異世界に喚《よ》び出された。


それは深夜遅く、仕事から帰宅し、玄関で靴を脱ごうとしたところで起こった。

突然足元から白い光が溢《あふ》れ出し、あまりの眩《まぶ》しさに目を閉じた。

次に目を開けたところ、目の前に見えたのは住み慣れたマンションのキッチンではなく、石造りの壁に囲まれた二十畳程度の部屋だった。

「成功したぞ!」

「「「おおおおおおおおおおお!!!」」」

何やら騒がしいけど、それを無視して周りを見渡す。

正面にはサーコートを着込んだ騎士のような人や、足首まであるローブを着込んだ人が思い思いに喜び合っていた。

騎士達はそれぞれの肩を叩《たた》き合う等しながら笑い合い、ローブ姿の人達は床にへたり込んでいるものの、一仕事やり遂げたというような体《てい》で顔に仄《ほの》かな笑みを浮かべている。

床を見ると何やら線が引いてある。

線は黒色で、微妙に床と同化していたため、よく目を凝らさないと見えなかったが、線で引かれた物は魔法陣のようであった。

右側を見ると壁であり、左側を見るとこの部屋で唯一、私と同じような服を着た女の子がいた。

同じような服といってもスーツ等ではなく、ニットにスカートというカジュアルな格好で、有体に言えば現代の服を着ていた。

そう、周りの人間は私と彼女以外、鎧《よろい》だったりローブだったり、ここはゲームの中か？　と突っ込みたくなるような服を着ている。

見慣れた格好をしているのは私と彼女だけだった。

女の子は十代中頃から後半といったところだろうか。

未だ呆然《ぼうぜん》としたまま、床に座り込んでいる。

私と同じく突然この状況に放り込まれたのだろう。

正直なところ、私も何が何だか分からず叫び出したい気分ではあったが、少しでも落ち着いて状況の把握に努めようと必死だったりする。

周りの状況を一通り把握したところで、左側の女の子の更に向こう側にあるドアが開き、数人の

人間が部屋に入ってきた。

先頭はロココスタイル without ヅラといった格好の、所謂《いわゆる》貴族のような格好をした赤髪の超イケメン、その後ろは黒髪のイケメン騎士が一人と、赤髪の男の子よりは地味な貴族服を着た濃紺の髪の、これまたイケメンな青年が一人。

様子から察するに、赤髪君が王子様、騎士は近衛、青年は高い地位にある文官といったところだろうか。

それにしても、赤い髪って……。

あんなドギツい色に染めるなんて、将来禿《は》げるぞ。

なんて、少しばかり現実逃避をしているうちに、先頭を歩いていた赤髪君は床に座り込んでいる女の子の前に跪《ひざまず》くと、すこぶるいい笑顔でこう言った。

「貴女が【聖女】か？」

……。

…………。

……………。

………………はい？

第一幕　薬用植物研究所

喚び出されてから一ヶ月。

季節は本格的な春に向かうところで、私は王宮にある薬草園で薬草の種を蒔《ま》いていた。

どうして薬草園で種を蒔いているのかって？

それは今、私が薬草園の隣にある薬用植物研究所に所属しているからよ。

ついでに言えば、住んでいるのも研究所ね。

ええ……、王宮にではないわ。

研究所に住んでいます。

◆

あの日、ここスランタニア王国に古《いにしえ》の時代より伝わる【聖女召喚の儀】という儀式で、私——

小鳥遊聖《たかなしせい》は異世界に喚び出された。

この国では至る所で瘴気《しょうき》と呼ばれる物が発生するらしい。

瘴気というのは割と身近に発生する物で、人間にとっては良くない物だそうだ。

詳しい理論は判明していないが、ある一定以上の濃度の瘴気が魔物となるらしく、瘴気が濃くなれば発生する魔物もそれに比例して強くなるそうだ。

そこにいる魔物を倒すとその周辺の瘴気は薄くなるため、魔物を倒し続ければ瘴気が必要以上に濃くなることは防げる。

しかし数世代毎《ごと》に、魔物を倒す速度を遥《はる》かに超える速度で瘴気が濃くなる時代があり、そのようなときには昔から王国内に【聖女】となる乙女《おとめ》が現れたそうだ。

【聖女】の使う術というのは、かなり強力な物のようで、あっという間に魔物が殲滅《せんめつ》されるらしい。

この術のおかげで、魔物を倒す速度と瘴気が濃くなる速度の釣り合いが取れるとか。

一説によると【聖女】がいるだけで、その周辺の瘴気が濃くならないとの報告もあったそうだ。

どんだけー。

そんなふうに常日頃は自然発生する【聖女】だけど、ただ一度だけ、どれだけ瘴気が濃くなろうとも現れなかった時代があったらしい。

時の賢者達があらゆる術を検証し構築したのが、彼方《かなた》より【聖女】となる乙女を召喚する、この儀式であると言われている。

はた迷惑なことに、そんな儀式で喚び出されました。

この儀式、如何《いかん》せん大昔に一度行われたきりの儀式なもので、本当に【聖女】が喚び出されるか、やってみるまでは分からなかった代物らしい。

しかし時の賢者達というのは偉大だったみたいで、本当に喚び出されましたよ。

二人も。

今まで【聖女】は、その時代に一人しか現れなかったらしいけどね。

今回喚び出されたのは、何故《なぜ》か二人。

過去と比較して、今回はかなりひどい状態らしいので、それに比例して人数も増えたのかしら？

謎ね。

ここまでが、この一ヶ月で知った【聖女召喚の儀】についての話ね。

そして、ここからは、どうして私が薬用植物研究所に住むことになったのかという話をしたいと思う。

あの儀式の後、部屋に入ってきた赤髪君は紛れもなく、この国の第一王子様であったようだ。

その第一王子様は私には目もくれず、只管《ひたすら》もう一人の女の子、御園愛良《みそのあいら》ちゃんに話しかけ、愛良ちゃんだけを連れて部屋を出て行った。

まあね。

こちらは二十代、片や愛良ちゃんは十代後半。

どちらが王子様と年が近いかというと、もちろん愛良ちゃん。

しかも茶色のふわふわとした髪に、透明感のある白い肌に薔薇色《ばらいろ》の頰、少したれ目の守ってあげたくなるような可憐《かれん》な、ゆるふわ女子。

忙しさのあまり、こだわることもなく一纏《ひとまと》めに括《くく》ったぼさぼさ髪に不健康な白い肌、目の下に万年クマが居座っているような眼鏡女と比較するのはおこがましいってものよね。

愛良ちゃんだけを目に入れたいって気持ちも分からなくはない。

でもね、断りもなく人を呼び付けておいて存在を無視するとはいい度胸だと思う。

周りにいた騎士さんやローブさんもあまりの王子のスルー力に呆気《あっけ》に取られていたけど、取り残された私に気付くとひどく狼狽《ろうばい》していた。

見事にスルーされた私をどう扱っていいのか分からなかったのでしょうね。

そのまま呆《ほう》けていてもしょうがないので、その辺にいたローブさんの襟首をつかみ、にっこりと微笑《ほほえ》みながら問い質《ただ》した。

「ねぇ、ちょっと聞きたいことがあるんだけど」

「な……、何でしょうか？」

私に捕獲されたローブさんは声を搾り出したというように、恐る恐る答えた。

私より背が高いくせに、眉《まゆ》を八の字にしてオロオロと視線を彷徨《さまよ》わせるなんて、まるで私がいじめているみたいじゃない。

普段であれば罪の意識を感じるところだったのだろうけど、このときはそれどころではなかったので、気にせず思いつくままに聞きたいことを聞いた。

「ここはどこかしら？」

「ここはスランタニア王国の王宮でございます」

「スランタニア王国？」

聞いたことのない国名だった。

世界には色々な国があるので、もしかしたら私の知らない国なのかもと思ったけど、それが完全なる現実逃避であることは頭の片隅で理解していた。

「そう。それで？　どうして私はここにいるのかしら？」

「それは……、その……」

言い淀《よど》むローブさんだったが、私がスッと目を細めると、慌てて説明してくれた。

「せ、【聖女召喚の儀】でお呼びしたのです！」

「【聖女召喚の儀】？」

そこからは【聖女召喚の儀】に関しての説明が始まり、その内容は先に挙げた通りだった。

「やっぱり、ここは私がいた世界とは違う世界なのね」

「恐らく、そうだと思います……」

元いた世界で、瘴気という物も、魔物も、身近に発生するという話は聞いたことがない。

もしかしたら、本当にもしかしたら、瘴気も魔物も元の世界でも実は発生していて、私が知らなかっただけかもしれないなんて僅《わず》かな希望にすがるように思ったけど、ローブさんの口振りでは、このことはスランタニア王国では世間一般に広く知られている内容のようだった。

この辺りで、理解したくはなかったけど、私は異世界に召喚されたのだと理解した。

「それで、その【聖女召喚の儀】というのは分かったけど、元の世界に戻るにはどうしたらいいのかしら？」

【聖女】は瘴気の濃さを調整するために発生するのだから、瘴気が濃くなる速度が通常通りに戻ればば【聖女】がいる必要がなくなり、もしかしたら元の世界に帰れるかもしれない。

そう思って問いかけたが、ローブさんは「いいえ」と小さな声で言い、希望はあっさり打ち砕かれた。

元より、異世界から【聖女】が召喚されること自体が二度目で、前回召喚された【聖女】は生涯この国に留《とど》まっていたと伝わっており、元いた世界に戻る方法は今のところないとのことだった。

もう戻れないというのはショックだった。

ただ、そこまで聞いて、余計に先程の第一王子の態度が頭に来て、とりあえず必要だと思ったことを簡単に聞き終えた私は、そのままこの国を出ようと思った。

まずは手始めにこの部屋から出て、この部屋がある王宮から出て、王宮のある王都から出て、最終的には隣の国に行こうとした。

今思い返すと随分と浅慮だったと思うけど、とにかく、ここにいたくなかった。

必要なことを聞き終えた私がローブさんの襟首から手を離し、部屋の外に出ると、慌てた騎士さん達が後ろを追いかけて来た。

「聖女様！　どちらに行かれるので⁉」

「私は出て行くわ」

「そんな、お待ちください！」

とっとと出て行こうと思ったのだけど、そこは流石《さすが》に王宮。

広過ぎて、どこから出て行けばいいのか、さっぱり分からなかった。

頭に血が上っていたから適当にずんずんと進んだけど、結局、追いかけてきた騎士さんが前に立ち塞《ふさ》がり、止められた。

行く手を遮られ、苛立《いらだ》っていたこともあり、じろりと睨《にら》むと、先程のローブさんと同じように騎士さんも眉を八の字にした。

「お願いします。もう少々お待ちください」

「さっき話していた分の時間もあるし、あの部屋には随分と長いことといたと思うのだけど？」

「それはそうなのですが……、そこを何とか」

騎士さんが大きな体を縮こまらせて、どうにか私を押し留めようとするのを見て、少しだけ頭が冷えた私は渋々といった体《てい》で頷《うなず》いた。

それを見た騎士さんは、あからさまに安堵《あんど》し、「こちらにどうぞ」と言いながら王宮内のどこかの部屋に私を案内した。

「担当の者が来ますので、こちらでお待ちください」

騎士さんがそう言い置いて出て行くと、入れ違いに侍女さんがティーセットの載ったワゴンを押しながら部屋に入ってきた。

侍女さんに淹《い》れてもらった紅茶は流石というべきか、とても美味《おい》しかった。

温かい紅茶はイライラした気持ちを落ち着かせてくれ、冷静になった私は頭の中を整理することにした。

紅茶を淹れ終えた後、侍女さんは特に話しかけてくることもなく、手持ち無沙汰《ぶさた》だったせいもある。

もしかしたら、私の置かれた状況を慮《おもんぱか》って、そっとしておいてくれたのかもしれない。

彼女はこちらを窺っている様子はあるのだけど、静かに壁際に立っていた。

そして、待つこと一時間。

日本で怒れる顧客を一時間も待たせたら、確実に契約切られるわよねと怒りが再燃して来たあたりで漸《ようや》くドアが叩《たた》かれた。

ノックの音に、「どうぞ」と返すと、第一王子が着ていた服よりは遥かに地味な、けれど同じような格好をした、この国の高官らしき人物が部屋に入ってきた。

侍女さんが淹れてくれた紅茶はとても美味しかったし、考えを整理する時間が取れたのはありがたかったけど、流石に一時間も待つのはきつかった。

だから入ってきた高官さんを思わず睨んでしまったのは仕方がないと思う。

私の視線にびくりと体を震わせたこの国の高官さんは、額の汗を拭《ふ》きながら、更に詳しくこの国のことや、私の置かれている状況について等を説明してくれた。

そのときに聞いた外の様子から、私を止めてくれた騎士さんにとても感謝した。

いくらなんでも王都を出たら魔物が闊歩《かっぽ》する草原が広がっているとか、隣の国まで馬車で一週間かかるとか、道中盗賊が出ることもあるとか、正直この世界のことをよく分かっていない私には隣国までたどり着くというのは、はっきり言って無理ゲーだった。

「出て行かれると仰《おっしゃ》っていたと伺っていますが、すぐに王宮の外で暮らすというのも現実的ではございません」

神妙な面持ちの高官さんの話を聞き、確かにその通りだと思えた。

王都で暮らすくらいなら結構行き当たりばったりでも、どうにかなるかなとも思ったのだけど、同時に、日本にいたときと同じ感覚で行動をすると取り返しが付かないことになるかもしれないとも思ったからだ。

海外旅行に行くときに注意する内容と同じね。

王都で暮らすにしても、暫《しばら》く王宮で過ごして、この世界に慣れてからでも遅くはないかもしれない。

そう思って、高官さんの言葉に従い、王宮に住むことにした。

◆

高官さんとの面談の後、紅茶を淹れてくれた侍女さんに連れられて、これから滞在することになる部屋に移動した。

案内された部屋は日本で私が住んでいたワンルームの部屋よりも広く、しかもホテルのスイートルームのようにリビングと寝室の二部屋が繋《つな》がった部屋だった。

インテリアもロココ調でとても豪華、いつか行ってみたくて、インターネットでよく見ていたヨーロッパの高級ホテルのようだった。

部屋に通され、リビングにあるソファーに座ると、どっと疲れが出た。

窓から差し込む光は昼間であることを教えてくれたが、召喚されたとき、日本は深夜で、しかも仕事から帰った後だった。

どうやらスランタニア王国と日本とでは時差があるみたいね。

連日連夜の深夜残業による疲れと、突然召喚され環境が激変した影響だと思うけど、ソファーに座った後のことは覚えていない。

多分、寝てしまったんだと思う。

目が覚めたら、誰かが運んでくれたのか寝室のベッドの上で、次の日の朝だった。

着ていたコートとスーツは脱がされて、白いネグリジェを着ていた。

一体、誰が着替えさせてくれたのだろう？

ここに案内してくれたのは侍女さんなので、恐らく彼女じゃないかとは思うけど、ちょっとだけ不安だった。

とりあえず着替えようかと思ったけど、好き勝手に部屋を漁《あさ》るのもどうかと思ったので、リビングには誰かいるだろうかと思いながら移動した。

リビングへの扉を開けたら、そこには前日に部屋に案内してくれた侍女さんが待機していてくれた。

着替えたい旨を伝えると、寝室に連れて行かれ、色々なドレスを出してきてくれたのだけど、どれも装飾が派手で、恐ろしく高そうな、着たが最後、汚すのが怖くて動けなくなりそうな物ばかり。

どこかに出かける予定もないので、動きやすい、装飾が控えめなドレスをお願いし、唯一あった少し豪華なワンピースと言えなくもないドレスに着替えた。

着替えの最中に聞いたところ、ネグリジェに着替えさせてくれたのは彼女だった。

お礼を言うと「とんでもないことでございます」と返された。

どうにも、ひどく気を遣《つか》われているような気がするのだけど、指摘しても益々恐縮されそうなので、気にするのはやめたわ。

それは着替えのお礼を言ったときに体験したしね。


そうして王宮で過ごすこと二週間。

私は時間を持て余していた。

最初の三日間は、まだ良かったのよ。

この世界に慣れないといけないと思って気が張っていたし。

でも、段々暇に耐えられなくなってね。

確かに衣食住の保障はあったけど、それ以外は放置プレイだったからね。

高宮さんは最初に会って以来、一度も顔を合わせることはなく、何の音沙汰《おとさた》もなかったのよね。

何かしら連絡があるかと待っていたんだけどね。

部屋に侍女さんはいてくれるから多少は雑談したりするのだけど、一日中話し続けるというのも難しいし、彼女も他に作業があるようで、ずっと部屋にいる訳ではないのよ。

そういうときは一人で部屋にいることになるんだけど、テレビもスマホもないところで、何もせずに過ごすのは辛《つら》かった。

流石《さすが》に暇に耐えられなくなって、部屋に引きこもってばかりも良くないし散歩にでも行くかと思い立ち、侍女さんに伝えると、彼女も一緒に行くと言われた。

ただ、彼女にも仕事があるから、私の暇つぶしに付き合わせるのは申し訳なくて、部屋の前の庭を少し歩くだけだからと一人での散歩を強行した。

大分渋られたんだけどね。

そうして、最初は部屋の前の庭だけだったのが、日に日に移動範囲が広がり、あちらこちらをうろうろしていたところ、見つけたのが薬草園だった。

日本では仕事のストレス解消にハーブやアロマセラピーに嵌《はま》っていたこともあり、薬草園はとても興味深かった。

植えてある薬草は日本で植えていたものと見た目が同じものもあり、植生は地球と変わらないのかしらと考えていると、声をかけられた。

後ろを振り向くと、深緑の髪と瞳《ひとみ》が印象的な、人懐っこそうな顔をした青年《イケメン》が立っていた。

声をかけて来たのは薬草園の隣にある薬用植物研究所の研究員だった。

「研究所に何か御用でしょうか？」

「いえ、ただの散歩です。面白いなと思って、見ていただけです」

薬草園を面白いと言った私に興味を持ったのか、研究員さんはそのまま、その辺りにある薬草について説明をしてくれた。

ラベンダー、ローズマリー、アンゼリカ等、日本と変わらない名前で呼ばれる薬草は、その効能もほとんど変わらないものだった。

「この薬草からＨＰポーションができるんですよ」

「ＨＰポーション⁉」

薬草の説明の間にＨＰポーション等という、ゲームかよと突っ込みたくなる単語があり、思わず驚くと、研究員さんはにっこり微笑《ほほえ》んでポーションについて説明してくれた。

「こちらの薬草は乾燥させて傷薬にしたり、煎《せん》じて飲んだりしても、それなりに効果があるのですが、ポーションにすることで更に効果が高まるんです」

「へぇ、そうなんですね」

研究員さんの所属する薬用植物研究所では薬草そのものについての研究も行っているけど、彼が主に研究しているのはポーションだそうで、その後もポーションについて色々な話を聞いた。

各種ポーションに使われている薬草について聞いていると、元の世界で、その昔、傷薬として使われていた薬草が、こちらではＨＰポーションの原料として使われていたりして、ポーションの効果と原料となる薬草の効能というのが繋がっていて面白かった。

そうして薬草の説明を受けていると、あっと言う間に時間が過ぎ、夕方に差し掛かったため王宮に戻ることにした。

「色々なお話が聞けて楽しかったです。ありがとうございました」

「こちらこそ。また来てくださいね」

そんな研究員さんの優しい言葉に甘え、次の日もまた薬草園まで散歩に出掛けた。

そうして、ふらふらと薬草園を歩いていると、またあの研究員さんが声をかけてくれ、前日と同

じように、そのとき歩いていた周辺に植えてある薬草の効能だったり、その薬草からできるポーションの効果だったりを話しながら、私の散歩に付き合ってくれた。

三日目までは薬草園で話していたけど、四日目には研究所に案内してくれて、そこでは他の研究員さん達も色々な話を聞かせてくれた。

研究員さん達から聞く話はとても面白く、主な話は薬草やポーションのことだったけど、王都で流行《はや》っている物の話や、王宮で働いている人達の話等も教えてくれた。

そうやって毎日入り浸っていると、段々と王宮から薬草園まで通うのが面倒になってきたのよ。

だって、王宮から薬草園まで徒歩で三十分はかかるのよ？

王宮というだけあって、その庭園は果てしなく広いのよね。

侍女さんに聞いたら、見える範囲全て王宮ですって。

そんな広い場所を往復一時間かけて研究所に通っていたのだけど、通うための一時間があれば研究員さん達から更に話が聞けるのにと思ったのよ。

「もういっそ、ここに住みたいわ」

「それもいいと思いますよ。実際、俺も含めて研究員の何人かは研究所に住んでいますしね」

胸の内を吐露すると、あっさりと賛成してくれたのは、この数日ですっかりと仲良くなった研究員さんであるジュードだった。

彼は薬草園で初めて声をかけてくれた研究員さんだ。

「そうなんですか？」

「ええ、王都に邸《やしき》がある人もいますけどね。ここは王宮を挟んで王都とは反対側にありますし、しかも王宮からも距離がありますからね。過去に同じようなことを考えて住むようになった研究員がいて、それから住む人が増えたんです」

ジュードは王都に家族が住んでいるから、最初はそこから通っていたらしいのだけど、研究所に住んでいる研究員がいることを聞いて、さっさと研究所に住むようになったらしい。

やっぱり王都から通うのが面倒になったからだとか。

皆考えることは同じなのねと心の中で呟《つぶや》いていると、後ろから声がかけられた。

「今日は何を話しているんだ？」

ジュードと二人揃《そろ》って振り返ると、そこにいたのは、この薬用植物研究所の所長であるヨハン・ヴァルデックさんだった。

「今は雑談していました。王宮から通うのが大変なので、ここに住めるといいのにって話していたんです」

「ここに？」

「ええ。研究員の方達も何人か住んでいらっしゃるんですよね？」

「まぁ、そうだな。何だ、君も研究員になりたくなったのか？」

所長さんはニヤリと笑うと予想外のことを言った。

ここで働く？

確かに、研究所に住んでいるのはここで働いている研究員さん達で、部外者が住もうとは普通考えないわよね。

後で王宮から王都に引っ越すにしても、無職の状態よりは職があった方がいいのは明らかだし、何より、日がな一日、王宮でぼーっとしているよりは遥《はる》かに有意義だ。

それに日本でも趣味にしていた薬草や、逆に馴染《なじ》みがないポーションのことを学べると思うと、とてもワクワクした。

うん、この薬用植物研究所で働くというのは、とてもいい考えね。

そこまで考えて、私はにっこりと微笑みながら所長さんに向き直った。

「そうですね、研究員になりたいです」

「おっ、そうか？　じゃあ、手続きしないとな」

所長さんは冗談なのか、そうじゃないのか分からない、おどけた態度でそう言うと、再びふらりと所長室の方へ歩いていった。

実際、このとき一緒に側《そば》で話を聞いていたジュードは所長さんの冗談だと思っていたらしい。

研究所に配属後に挨拶《あいさつ》をしたら、驚いて、そんなことを言っていた。

思い立ったが吉日。

王宮の部屋に戻ってすぐに部屋にいた侍女さんに、最初に会った高官さんに取り次いでもらえるよう頼んだ。

その日は既に夕方となっていたため、高官さんとは翌日会うことになった。

次の日、高官さんは私が朝食を食べ終わり、お茶を飲んで一休みしていたときに部屋に来てくれた。

「何か、お話があると伺いましたが」

「はい、実は薬草に興味があるので薬用植物研究所で働きたいと思っているんですけど……」

「よろしいですよ」

「え？　いいんですか？」

あまりにもあっさりと了承されたので、話を聞くと、どうやら研究所の所長さんが話をつけてくれていたらしく、王宮から研究所に引っ越すというところまで話がついていた。

私も半ば冗談だろうと思っていたのだけど、所長さんはちゃんと動いてくれていたらしい。

しかも、高官さんから了承まで貰《もら》ってくれていたなんて。

やるな、所長。

そこからは、さくさくと準備が進んだ。

元々私物は、この世界に喚び出されたときに着ていたコート、スーツに靴、後はビジネスバッグくらいで少ない。

とはいえ、一着しかないスーツを着て研究所で働く訳にはいかず、着替えはもちろんのこと、生活用品も必要だ。

その辺りは高官さんが用意してくれるというので、お任せした。

用意してくれた物は、研究員が着ていてもおかしくない、飾り気のないシャツやスカート、ワンピース等の洋服や、タオルや石鹸《せっけん》等の生活用品。

揃えてもらった洋服を見ると、短い間だったけど王宮で生活しているときに好んで着ていたドレスやアクセサリーも入っていて、新しく用意してもらった物はそれらと同系統のデザインの物が多く、私の好みを考慮に入れてくれたみたいだった。

生活用品に至っては、恐らく部屋の家具なんかも揃えてくれたのかもしれない。

引っ越してから部屋の中を確認すると家具が備え付けてあったからね。

家具は明るめの色味の物で統一されていて、とても居心地の良さそうな部屋だった。

そこが研究所だと思えないくらいに。

「色々とありがとうございました」

「いえ。これからも困ったこと等ございましたら、遠慮なくご連絡ください」

「ありがとうございます」

王宮から出て行く日、研究所に行く馬車まで用意してくれた高官さんにお礼を言うと、いつもの笑顔で返された。

王宮に戻るつもりはないので、今後高官さんに頼ることもないだろうとは思ったけど、再度お礼を言って、私は馬車に乗り込んだ。
こうして私は研究所の一室と、薬用植物研究員という職を得たのだった。

第二幕　ポーション

働かざる者食うべからず。

動き出してからは速いもので、とんとん拍子に薬用植物研究所で働くことになった。

趣味を仕事にするのは聊《いささ》か気が引けたけど、後々のことを考えると、これがベストな選択だったんじゃないかと思う。

私が研究所で働くことは限られた人達しか知らなかったようで、研究員さん達に伝わったのは、出勤初日、所長に連れられて皆の前で挨拶をしたときだった。

「今日から配属になりました、セイと申します。よろしくお願いいたします」

所長に促されて挨拶をしたのだけど、何故《なぜ》だか皆ぽかんとしている。

研究員さんの殆《ほとん》どは既に顔見知りだったが、私がここで働くというのは寝耳に水だったようで、突然のことに皆驚いていた。

そのせいか、挨拶をしても最初は反応がなくて、一拍置いた後にどよめきが広がった。

「それじゃあ、当面のセイの面倒は……、ジュード、お前が見てやれ」

「え？　俺ですか？」

皆のどよめきを抑えるように、所長は少し大きな声で話した。

突然、私の面倒を見るように言われたジュードは驚いていたけど、私としては研究員さん達の中でも仲のいいジュードが担当してくれるのは心強かった。

知らない人と一緒に仕事をするなんてことは日本でもあった話なので、全く知らない研究員さんが担当になってもそれなりにやっていけるとは思うけど、それよりは知っている人の方がいいっていう気持ちもやっぱりある。

更にその人が仲のいい人だと言うことなし。

そういうことも所長は考えてくれて、ジュードを付けてくれたんだろう。

「よろしくお願いしますね」

「こちらこそ、よろしく」

改めてジュードに挨拶すると、驚いてはいたけど、ジュードも笑って返してくれた。

ジュードは研究所でのあれこれを色々と教えてくれた。

この研究所での主な研究対象は、研究所の名前にもなっている薬用植物、所謂《いわゆる》薬草とポーションだ。

薬草の効能は元いた世界の物とほぼ同じで、ジュードが説明してくれる合間に日本で学んだことを話すと、「よく知ってるね」と驚かれた。

日本では趣味レベルで学べることが、こちらでは王立学園《アカデミー》と呼ばれる学校の、専門課程で学ぶレベルだったらしい。

ちなみに王立学園というのはこの国の貴族の子達が通う学校で、一般的には十三歳から成人となる十五歳まで通うそうだ。

専門課程というのは、そこからさらに十八歳まで通う人達のための課程で、ジュードはこの専門課程で薬学について学び、その中で薬草についても学んだそうだ。

やっぱり自然科学等の元いた世界にもあった学問については、元の世界の方が研究が進んでいるみたいね。

そんなジュードだけど、専門で研究しているのはポーションなんだって。

ポーションですよ、ポーション。

RPG等のゲームに出てくるアレですよ。

飲んだり、患部に塗ったりして使うことから、日本では薬に該当する物なんだろうけど、何が違うかって、ポーションは即効で効果が出るのよね。

どれだけ効果が出るのが速いかって？

うっかり作った切り傷に、ちょっと塗るだけで瞬時に傷がなくなるのよ。

あれには驚いたわ。

もっとも、ポーションの効果を知るために、いきなり刃物で指先を切った私を見て、ジュードの方が驚いていたけどね。

どうしても試してみたくて、ほんの少し切っただけだったのだけど、物凄《ものすご》く慌てられたわ。

その後、怒られたけど。

結局、初日は研究所の設備の案内や、研究所で行っている仕事の内容なんかを説明してもらって終わった。

翌日はポーションの作り方を教えてもらった。

ジュードが主にポーションを研究しているっていうこともあるけど、私も元いた世界にはなかった物に触れられる方が面白そうだと思って、一緒に研究することにしたの。

「それじゃあ、始めるね」

ジュードは手馴《てな》れた様子で、ポーションを作り始めた。

今後一緒に研究するに当たり、私が一度もポーションを作ったことがなかったので、作り方を実演してもらうことになったのよ。

お鍋《なべ》に決められた薬草と水を入れ、魔力を注ぎながら煮込むとポーションができる。

ポーションには下級、中級、上級等、ある程度のランク分けがされているのだけど、このランクは入れる薬草によって決まるらしい。

でも、ただ決められた薬草を入れれば高ランクのポーションが作れるという訳ではないみたい。

ランクが高いポーションを作るには繊細な魔力操作が必要なようで、作製者の生産スキルのレベルに応じて作製可能なランクが決まるんだって。

材料となる薬草も高価な物だけど、作れる人間の数も少ないということで、高ランクのポーションは、おいそれと使うことができないような価格で売られているらしい。

そもそも、高ランクのポーションは王侯貴族しか買える者がなく、一般的な薬屋の店先に並ぶことはないらしいのだけど。

さて、話を少し戻すわね。

ポーションを作るには魔力を注ぎながら煮込むことが必要なのよ。

そう、魔力。

「材料を入れた後は魔力を注ぎながら煮込んでね」

「魔力？」

最初に言われたとき、魔力なんてどうやって注ぐのよと思った私は間違っていない。

だって、元いた世界にはそんな物はなかったもの。

「どうやって注ぐんですか？」

「え？」

この質問をしたら、ジュードに驚かれた。

この世界には魔法がある。

魔法を使うには魔力が必要で、誰でも使える生活魔法というものが存在することから、この世界の人にとって魔力というのはとても身近なものだそうだ。

ポーションに引き続き魔法だなんて、益々ゲームみたいだと思うけど、紛《まご》うことなき現実なのよね。

「えっと、セイは魔法使ったことないの？」

「ないですね」

「生活魔法も？」

「えぇ」

庶民にとっても一般的な生活魔法すら使ったことがないということに、ひどく驚かれたけど、魔力を操作できないとポーションが作れないので、ポーションを作り終わった後に、ジュードから魔力操作の講義を受けることになった。

「これで出来上がり」

「うわー」

煮込み終わり、漉《こ》されて細長い薬瓶に入れられたポーションは薄紅色の透き通った液体だった。

今回作ってもらったのは一番簡単な下級ＨＰポーションだ。

材料となる薬草が薬草園に生えているので入手しやすかったという理由もあったらしい。

「こんなの作れるなんて、すごいですねー」

「下級ＨＰポーションだから、割と簡単に作れる物だよ」

「でも、魔力操作とかしないといけないんですよね？」

「まぁ、そうだけど。まだ下級だから、そこまで難しくはないよ」

「そうなんですか？　でも、やっぱりすごいですよ」

「そ、そうかな？」

眼の前にあるファンタジーな代物にテンションが上がり、すごいすごいと言っていたら、ジュードが照れてしまった。

ほんのりと頬を染めて、はにかむイケメン。

眼福でした。


ポーションを作り終えた後は、魔力操作の講義に移った。

ジュードは王立学園で習ったのと同じ方法で、手取り足取り、懇切丁寧に教えてくれた。

そう、文字通り手を取って。

まずは体の中にある魔力を感じるところから始めるらしいのだが、これがとても難しかったのよ。

何せ、魔法のない世界に住んでいたからね。

この世界の人も生活魔法を使う程度なら、そこまで体内の魔力を意識しなくても問題ないらしい。

生活魔法の殆どは詠唱だけで発動するんですって。

ただ、ポーションを作ったり、生活魔法以外の魔法を使ったりしようとすると、体内の魔力を意識する必要が出てくるんだとか。

どうやって魔力を感じるか、色々と説明されたけど中々魔力を感じ取れない私に、それじゃあと言って王立学園方式でジュードが補助してくれた。

「じゃあ、俺の手と合わせて」

事前に説明された通り、胸の前に上げられたジュードの掌《てのひら》に自分の掌を合わせた。

仕事の一環で薬草園の畑仕事も行うジュードの手は少しだけ荒れている。

自分より大きな、節の出た手は紛うことなき男の人の手で、合わせられた掌は、私より少し高いジュードの体温を伝えてきた。

常日頃、こんな風に男の人と手を合わせるなんてことはなかったので少しだけ恥ずかしかった。

いかん、いかん、気にしたら負けだわ。

仕事、仕事。

そんな風に気持ちを切り替えていると、ジュードから声がかかった。

「それじゃあ、いくね」

右の掌からジュードの魔力が送り込まれ、そこから、じんわりと何かが入ってくる感じがした。

それは熱が移動するというのか、何というか、形容しがたい感じだった。

ジュードの魔力が右手から入ると、体の中の何かが押し流されるように動いた。

これが私の魔力らしい。

右手から動き出した魔力は左手から出て行くということもなく、血液のように体中を巡る感じがした。

召喚に伴って、私の体も地球人でいることをやめたみたいね。

地球にいた頃にはなかったはずの魔力を、自分の体の中に感じられるようになったのだから。

「何かが体中を巡っている感じがするんですけど」

「ん？　もう分かったの？　それが魔力だよ」

感じたことをジュードに伝えると、少し驚かれたけど、微笑《ほほえ》みながら教えてくれた。

王立学園仕込みの方法だけど、そこでも大抵の人は体内の魔力を感じ取れるようになるのに一週間くらいはかかるみたい。

ほんの少し魔力を流してもらっただけで、すぐに分かるようになった私に「才能あるよ」とジュードが笑った。

体を巡る魔力は、ジュードが私に魔力を送り込むのをやめても感じ取れたままで、そこからの魔力操作の実技は、これまたジュードが驚くほどスムーズに進んだ。

「すごいね、こんなに早く説明が終わるとは思わなかったよ」

「きっと教え方が上手なんですよ。ありがとうございます」

にっこり笑ってお礼を言うと、また頬を染めて、はにかまれた。

実際、ジュードの教え方はとても分かりやすかったのよね。

気を良くしたらしいジュードは、この後、様々な生活魔法も教えてくれた。

使わないと不便だからと言いながら。

◆

召喚されてから、また少し時間が経ち、ジュードとも大分打ち解けた。

私が敬語を使わなくなった程度に。

ジュードの方が先に研究所に所属していたということもあって、最初は会社の先輩にするように接していたんだけど、年齢が近いこともあって、畏《かしこ》まるのはやめて欲しいとジュードから言われたのよ。

ジュードに教えてもらってからというもの、私は只管《ひたすら》、下級HPポーションを作っていた。

それもこれも、高ランクのポーションを作れるようになるために生産スキルのレベルを上げるためにね。

単純に、作れば作るほどレベルが上がるのが楽しかったというのもある。

昔から、やり込み要素のあるゲームなんかが好きで、つい、のめり込んじゃうのよね。

もちろん作った下級HPポーションは無駄にはせず、研究所での研究に使うことになった。

最初に異変に気付いたのは、ジュードではない、ポーションを研究している研究員さんだった。

「セイ」

「何ですか？」

少し離れた所からかかった声に振り返ると、研究員さんが手招きしているのが見えた。

何だろうかと思いながら近寄ると、彼は作業机の上に載っている下級ＨＰポーションを指差した。

「これ、セイが作ったポーションかな？」

「ええっと……、そうですね。私が作った物です」

研究で使うポーションのうち、研究員が作った物については、誰が作った物か分かるように印を付けてある。

何かあったときに追跡して原因が調べられるようにね。

研究員さんが指差したポーションには、私が作った物だと分かる印が付けられていた。

「作るときに何か特別なこととかした？」

「いえ。特に何もしていないんですけど。どうかしましたか？」

「うーん、セイが作った物を使っているときだけ効果が変わるんだよね」

この研究員さんはポーションの新しいレシピの開発を行っている。

今回は既存のポーションを素材にして、より効果の高い新種のポーションを作製しようとしていたそうなんだけど、その実験中に市販のポーションと研究所で作られたポーションとで効果が変わることに気付いたらしい。

詳しく調べるうちに、研究所で作られたポーションの中でも市販のポーションと同じ効果の出る物と、そうじゃない物があるのに気付いたらしく、結果、私が作ったポーションだけ効果が高くなることを発見したんだとか。

研究員さんは首を傾《かし》げるけど、本当に何も特別なことはしていないのよね。

最初にジュードに教えてもらった通りの材料と手順で作ったし、それ以外の材料を加えてもいなければ、手順を変更したりもしていない。

「これ本当に下級HPポーションなんだよね？」

「そうだと思います。作り方はジュードに教えてもらった通りに作ってるので」

「そうか。ジュードにもちょっと話を聞いてみるかな」

研究員さんは、今度はジュードを呼ぶと私に教えた内容を聞き出していた。

私も隣で聞いていたけど、やっぱり私が覚えているのと同じ内容だった。

「一般的な下級HPポーションの作り方だな」

「そうですね。俺はそれ以外の作り方を知らないです」

「とりあえず、セイの作ったポーションを鑑定に出してみるか」

「それが早いかもしれませんね」

結局、原因が分からなかったので、私の作ったポーションを鑑定に出すことになったみたい。

それから暫《しばら》くして、研究員さんがどこかに出した私が作ったポーションの鑑定結果が返ってきた。

驚くなかれ。

私が作ったポーションは、それ単体で、何故《なぜ》か巷《ちまた》に出回っているポーションより性能がいいことが判明した。

大体五割増しだそう。

「やっぱり、おかしな性能してるよね」

私が作った下級HPポーションを片手にジュードが呟《つぶや》く。

私の作製したポーションは漏れなく効果が高いみたい。

鑑定のために何本か提出したらしいんだけど、全て市販品より効果が高かったらしいのよね。

「教えてもらった通りに作ってるだけなんだけどね」

「色も間違いなく下級HPポーションの物だけど、何でだろうね？」

「さぁ、腕がいいからとか？」

「んー、あまり関係ないと思うけど。製薬スキル、今いくつだっけ？」

「ちょっと待って。『ステータス』」

『ステータス』と唱えると、目の前に術者のみが見ることができる半透明のウィンドウが現れ、そこに私のステータスが表示される。

これはジュードに教えてもらった生活魔法の一つ。

そして、私が生産スキルのレベル上げに夢中になってしまった理由の一つでもある。

スキルのレベルが数値として見えるっていうのは、やり込み要素の一つだと思うわ。

こう数値で表されちゃうと、うっかりカンストを目指したくなっちゃうのよね。

小鳥遊　聖	Lv.55／聖女
ＨＰ：4,867／4,867	
ＭＰ：6,057／6,067	
戦闘スキル：	
聖属性魔法：Lv.∞	
生産スキル：	
製薬　　　：Lv.8	

「今、８レベルだね」

ステータスを確認し、製薬スキルのレベルを告げると、ジュードは「うーん」と唸《うな》りながら首を傾げる。

「８だと、まだ中級は作れないんだよなぁ」

「まぁ、何でもいいんじゃない？　効果が低いって訳じゃないし」

「いやいやいや、誤差で済ませられないレベルだから！　こういうことの解明をするのも俺達の仕事だからね！」

効果が高いんだからいいじゃないと思っていたのだが、ジュード曰《いわ》く、こういう謎現象を研究し、原因を解明するのも研究員の仕事だと怒られた。

仕方がないわねと、引き続きジュードの考察に付き合う。

「他の人と比べても、材料の種類も使用量も同じ、手順も同じ、違うのは作っている人間くらいだけど」

「そうなんだよなぁ」

「後、考えられるのは注ぐ魔力が違うのかってことくらいだけど……」

「ポーション作るときに大量の魔力でも注いでるの？」

「どうかしら？　そんなに多く魔力を使ってはいないと思うんだけど」

「そうだよな。隣で見ていても、そんな感じはしないし……」

薬草の量を増やしたり、注ぐ魔力の量を増やしたり、ポーションを構成する素材の分量を変更しても、他の人が作ったときには多少効果が増加するくらい。

五割も増えるなんてことはなく、精々数％の増加程度だ。

手順は簡単過ぎて、変更したとしても、最初に魔力を注いだお湯を作って、その中に薬草を入れて煮出したくらいかな。

こちらは現在確立されている手順が最も効率がいいみたいで、効果が上がることはなかった。

ジュードと一緒に、あーでもない、こーでもないと言いながら、何本ものポーションを試作して分かった結果だ。

「魔力に属性とかあるんだっけ？　それが影響しているとか？」

「そこはあまり考えられないかな」

「そう？」

「魔法スキルを持っている人が作ったポーションと持っていない人が作ったポーションで効果に差は出ないしね」

戦闘スキルの中には様々な属性の魔法スキルと呼ばれるものがある。

この魔法スキルには生活魔法は含まれず、一般的には魔法スキルを持っている人のことを魔法が使える人って言うんだって。

その魔法スキルを持っている人の魔力は属性を帯びていたりするのかなと思ったのだけど、ジュードの話しぶりからするとあまり関係なさそうね。

「それより、セイが魔力以外に何か出してるんじゃない？」

「何かって何よ？」

「んー、よく分からないけど」

そう言って、ジュードが笑いながら私の手をまじまじと見る。

その表情は冗談を言っている顔だ。

最近は打ち解けたからか、議論の最中にジュードがこんな風に冗談を言ってくることも増えたのよね。

「一体、何なんだろうね？」

そうして議論は最初に戻る。

「とにかく色々と試してみるしかないかしら。原因を解明するのもお仕事なんでしょ？」

「ははっ、そうだね」

そこからまたジュードと一緒に色々な条件でポーションを作った。

私の一日はこうしてポーション作りで過ぎていった。

◆

喚び出されて三ヶ月。

「『ステータス』」

小鳥遊　聖　　Lv.55／聖女
HP：4,867／4,867
MP：5,867／6,067
戦闘スキル：
聖属性魔法：Lv.∞
生産スキル：
製薬　　：Lv.21

研究所で只管《ひたすら》ポーションを作っていた私の製薬スキルは21レベルまで上がった。

ポーションは10レベル毎《ごと》に作れるランクが上がるので、現在は上級HPポーションも作れる。

ただし、まだ失敗することも多かったり……。

上級のポーションは使用する薬草も貴重な物が多いため、あまりにも失敗が多いこのレベルでは中々作らせてもらえない。

20レベルを超えて作った上級HPポーションはまだ三つなのよね。

それでも、そもそも上級のポーションを作れる人間が少ないから、研究員の私が上級のポーションを作れるようになったのは快挙らしい。

今までは研究所に上級のポーションを作れる人間が一人もいなかったらしく、研究で使うときには外部に注文して取り寄せていたらしいので、私が作れるようになったときには、その分の手間とコストが減ると喜ばれた。

製薬スキルのレベルを上げるためにはポーションを作る必要があるのだが、一般的には魔力が枯渇してしまうので、一日に作れるポーションの個数に限界があり、なかなかレベルを上げられないのだそうだ。

私?

「相変わらず、おかしな量を作ってるね」

「そう?」

「うん。一日に中級のポーションを十本以上作れるとか、十分おかしいから」

目の前の保管庫にはずらりと並んだ中級HPポーション達。

性能はもちろん一般の五割増し。

研究所の所長曰く、下手をすると一般の上級HPポーションより効果が高いかもしれないとのこと。

そんな私の作るおかしな性能のポーションの原因を探るため、今なおジュードと二人、日夜検証を続けている。

相変わらず原因は一向に分からなくて、私とジュードだけでは見落としがあったのかもと、最近では他の研究員まで検証に加わっているんだけどね。

色々な角度から検証をとのことで、作製経過を検証する者、ポーション自体を検証する者等に分かれて検証を行ったのだけど、その間、私は只管ポーションを作り続けた。

一日中。

あれはいつだったたか、その日、百五十本目の下級ＨＰポーションを作っていたときだった。

ジュードが言ったのだ、「まだ作れるの？」と。

それに対する私の返答は、「何のこと？」だった。

そこで漸《ようや》く、一日に作れるポーションの一般的な個数というものを知った。

ポーションに注ぐ魔力はランクが高くなるにつれ必要量が多くなるそうで、下級で百本、中級で十本程度が一般的に一日に作れる本数だそうだ。

これは専門的にポーションを作っている薬師《くすし》の話で、研究所の人間はもう少し少ないらしい。

確かにポーションを作っているとＭＰが減るけど、微々たるものだから、全然気にならなかったのよね。

そこでジュードに、製薬中に魔力を注いでいないんじゃないかとか色々言われたけど、ＭＰはしっかり減ってるし、そもそも魔力を注がなければ、ただの薬草を煎《せん》じた汁ができあがるだけ。

結局、所長の「性能が上がる方の研究を優先しろ」との声で、私はポーション作製の日々に戻った訳だが、少々調子に乗り過ぎたらしい。

研究に使うよりも私が作るポーションの方が多くて、余るようになった。

市場に卸せばいい金額になるのだが、如何《いかん》せん性能が一般の１・５倍で、このまま卸すと問題になるということで、研究所には現在素敵な量のポーションがある。

「また沢山作って。所長に怒られるよ」

「集中して作ってたら本数を数えるのを忘れてたのよね」

嘘です。

早く文句を言われずに上級ＨＰポーションを作れるようになりたくて、レベル上げをしていただけです。

薬草は薬草園の物を使っているので、この間、薬草園の薬草が少なくなってきたって所長に文句を言われたのよね。

怒られるのは嫌なので、今日作ったポーションは自室に隠そうかと思い、今日作った分を保管庫から取り出しているとバタンと大きな音がして研究室のドアが開いた。

後ろを振り返ると息を乱した兵士が「所長は？」と大きな声で叫びながら、研究室に飛び込んできた。

所長室のドアを指差すと、大慌てで所長室に向かう。

一体何があったんだろう？

暫《しばら》くすると兵士と所長が所長室から出てきた。

「緊急事態だ、今ある回復系のポーションを集めろ」

「何があったんですか？」

「第三騎士団がゴーシュの森から戻ってきたんだが、サラマンダーが出たらしくてな。怪我人が多くてポーションが足りないらしい」

所長の近くにいた研究員が聞くと、状況が分かった。

第三騎士団はこの一週間、王都西にあるゴーシュの森で魔物の討伐を行っていたのだが、どうやらそこで甚大な被害が出たらしい。

いつもは甘いマスクでにこやかに微笑《ほほえ》んでいる所長が、鬼気迫った顔で指示を出し、途端にバタバタと研究員たちが机の引き出しや棚からポーションを研究室入り口近くの机の上に集める。

私もジュードと一緒に保管庫からポーションを取り出して運んだ。

机の上に集まるポーションを見て「こんなに！」と兵士さんが驚く。

ええ、最近溜《た》め込んでいましたから。

保管庫から全てのポーションを取り出し終わり、その後、部屋に置いてある上級ＨＰポーションのことを思い出したので、取りに行った。

部屋から戻ると、研究所のポーションを集め終わったらしく、ドアの外に来ていた荷馬車にポーションを積み込み終わったところだった。

「何人か一緒に来い」

所長の指示で、入り口近くにいた研究員が荷馬車に乗り込む。

私が走って荷台に乗り込んだところで、馬車が走り出した。

「ねぇ、ゴーシュの森って竜なんて出るの？」

「竜？　いや、出ないよ」

「サラマンダーって火竜のことじゃないの？」

「ん？　サラマンダーはただの火を噴く蜥蜴《とかげ》だろ」

一緒に来たジュードにサラマンダーについて質問すると、予想外の答えが返ってきた。

サラマンダーって竜じゃなかったんだ……。

脳内イメージでは火竜だったのに……。

「蜥蜴なのに、そんなに被害が出るって……」

「蜥蜴っていっても大きいからね。その癖すばやい。竜種ではないとはいえ、ランク的には上位に入る魔物だよ」

「そう」

サラマンダーの脳内イメージが体長十メートルのコモドオオトカゲになった。

これが火を噴いて高速で向かってくるなんて、対峙《たいじ》した瞬間、生を諦《あきら》めて動けなくなる自信がある。

そんな上位の魔物と戦うなんて騎士団も大変ねと考えていると、荷馬車が王宮の一角で止まった。

すぐ側《そば》の建物に入ると、中は戦場だった。

「これは酷《ひど》い……」

「……」

普段は広間として使われている部屋には、多くの負傷者が寝ており、彼等の間を医師や看護師と思われる人達が走り回っていた。

部屋には怪我や、サラマンダーの火による火傷《やけど》によって呻《うめ》く負傷者達の声が溢《あふ》れ、医師さんの「ポーションはまだか！」という叫び声が響く。

先程まで暢気《のんき》に構えていた頭は冷え、呆然《ぼうぜん》と立ち尽くしていると、先頭に立っていた所長が手を叩《たた》いた。

「持ってきたポーションを配分しろ！　お前ら二人はあっち、ジュードとセイは向こうを頼む」

「「「はい！」」」

持ってきたポーションを数本ずつ持ち、あちこちにいる医師さんに配っていく。

医師さんは大抵重傷者の側におり、ポーションを受け取るとすぐさま患者に与えた。

全体的にポーションが不足しているためか、普通であれば中級ＨＰポーションでもなければ全快が難しいような重傷者にも下級ＨＰポーションが与えられる。

医師さんの気持ちとしては与えないよりはマシといったところかな。

患者が生死の境目にいるならば尚更。

与えることで生き残れることもあるからね。

「これは！」

研究員に手渡されたポーションを患者に与えた医師さんは驚いていた。

魔物の爪に大きく皮膚を切り裂かれ、荒い息をしていた患者にポーションを与えたところ、傷が完全に消え、患者も急になくなった痛みに閉じていた目を開き、恐る恐る体を確認していた。

いたる所にあった細かい傷なども含め、全ての傷が消え、顔色も真っ青だったのが回復していた。

「下級だったよな？」

医師さんは怪訝《けげん》な顔で、手の中にある空瓶をかざして見ていたけど、全て患者に与えた後であり、ランクの判別は難しいと思う。

医師さんが与えたのは確かに下級ＨＰポーションだったけど、それはただの下級ＨＰポーションではない。

私が作った五割増しポーション、つまり性能自体は中級のポーションね。

医師さんに何かを聞かれる前にその場を離れ、次々とポーションを配り歩く。

あちらこちらで医師さんや看護師さん達の戸惑う声が聞こえたけど、さくっと無視した。

今は配る方が先だ。

「上級ＨＰポーションはないかっ？」

広間の奥の方で、誰かの声が聞こえた。

声がした方を見ると何人かの医師さんや騎士さんが集まっている場所があった。

声がしたのはあそこかしら？

手持ちのポーションに中級ＨＰポーションがあったので、それを持って向かうと、近付くにつれ議論している声が聞こえた。

「これは上級でも難しいだろ。回復魔法が使える者はいないのかっ？」

「回復魔法でも４レベル以上でないと……」

「聖女様はどうした？　あの方は４レベルの回復魔法が使えるんだろう？」

「それが、カイル殿下が、このような惨《むご》い場面を聖女様にお見せできないと……」

「何だとっ！」

カイルって、確か第一王子の名前、あの将来禿《は》げそうな赤髪君よね。

確かに重傷患者の患部をモザイクなしで見るのは、とてもきつい。

スプラッターに割と耐性があると自負する私でも直視がきつくて、なるべく見ないようにしながらポーションを配ったのだ。

あのゆるふわ愛良ちゃんでは、見た瞬間に気を失うかもしれない。

愛良ちゃんが来られないことを説明する文官らしき人物に食って掛かっている騎士さんは、患者の友人だろうか？

人垣のせいで患者が見えないため判断は付かないけど、上級HPポーションでも持ち直すのが難しいほどの重傷のようだった。

人垣を見回すと所長がいたので傍《そば》に行くと、気付いた所長に声をかけられた。

「セイっ！　上級HPポーションは残ってないか？」

「ああ、それなら「団長！」」

声のした方を向くと、医師さんや看護師さんが慌しく動き出した。

患者の容態が急変したらしい。

私も人を掻《か》き分け、患者の傍に行く。

近くで見る患者は右上半身が焼け焦げ、彼方此方《あちこち》に様々な傷があり、生きているのが不思議な程の重傷であった。

荒い息が徐々に静かになっていく。

「ちょっと、どいて！」

医師さんを押しのけ患者を見ると、間もなく息を引き取りそうな気配がした。

慌ててエプロンのポケットに入れていた上級HPポーションを取り出し、蓋《ふた》を開け、口元に持って行く。

大きな声で「飲みなさい！」と言うと、少しずつだが、どうにか飲み込めるようだった。

ゆっくりと彼がポーションを飲み込むのを、周りの人達も固唾《かたず》を呑《の》んで見守る。

どれくらいの時間が過ぎたか、ポーションを全て飲み終わらせ患者を見ると、黒焦げだった皮膚が剝《は》がれ、その下から綺麗《きれい》な肌が現れていた。

荒かった息も落ち着いたけど、それは止まっているという訳ではなく、穏やかな寝息に変わっていた。

そこまで見届けて、ふぅっと、いい仕事したぜ的な息を吐くと、周りから「うおおおおおおおおおおお」っと歓声が起こった。

第三幕　料理

喚び出されてから四ヶ月。

あの日、研究所からのポーションで多くの第三騎士団の人間が助かったということで、王宮より特別報酬が出たらしい。

特に、私が上級ＨＰポーションを飲ませたのは第三騎士団の団長で、辺境伯家《いいとこ》の三男《ぼんぼん》だったらしく、辺境伯からも特別にお礼が届いた。

その他にも、性能のせいで商店に卸すに卸せなかった私作のポーションを第三騎士団で買い取ってもらえることになった。

お陰様で、このところの研究所の予算は潤沢です。

「という訳で、何か欲しい物はあるか？」

ある日、所長室にお茶を持って行ったら、その話と共に欲しい物はないかと聞かれた。

突然のことだったので、少し考えてから口を開く。

「そうですね……、お風呂《ふろ》と台所が欲しいです」

「風呂はともかく、何で台所なんだ？」

「えーっと、料理を作るの好きなんですよね」

答えた理由は本当だけど、それだけではない。

何と言っても、この世界の料理レベルは低い。

何ていうか、素材の味そのままな料理が多い。

塩やお酢で味がつけてあることもあるのだが、口に合わない。

王宮の従業員用の食堂に食べに行っていたけど、本当にひどいものだったわ。

あまりの不味《まず》さに、予期せずダイエットできたくらいにね。

今まで気にしたことはなかったけど、この世界に喚び出されてから、自分が食べ物に煩《うるさ》い日本人であることを強く認識したわ。

そういう訳で、下手の横好きで、それほど料理が得意な訳でもなかったけど、自分が作った方がきっとマシだろうという考えのもと、台所を希望した。

「料理?　セイが作るのか?」

「ええ」

私が料理を作ると言うと、驚いたように所長は目を見開いた。

そんなに驚くようなことでもないと思うんだけど。

それとも、私は料理をするように見えないんだろうか?

首を傾《かし》げると、所長は驚いた訳を話してくれた。

やっぱり、私が料理を作るとは思わなかったんだそうだ。

この国の貴族や大商人等のお金持ちのお宅では料理人が雇われていて、その家の婦女子が料理を作ることはないらしい。

もちろん庶民のお宅では、奥様方が作るそうなんだけど……。

「所長、私庶民ですよ？」

「ああ、そう言われればそうだったな」

すっかり忘れていたという風に、所長は苦笑した。

所長は私が召喚されて、この国に来たことを知っている。

この研究所に配属される際に、高官さんからも話を聞いていたらしいのだけど、私からも直接話を聞きたいということで、いくつか私について質問されたのだ。

日本での身分や、どういう生活をしていたのかとか色々とね。

そのときに、ちゃんと一般庶民で、会社で働いていたって話したんだけどな。

「セイを見ていると、とても庶民だったとは思えなくてな」

「どこからどう見ても庶民だと思うんですけど」

「そうでもない。この国の庶民で、セイほど高度な教養を身につけている者は少ない」

所長の話では、この国には庶民が通う学校は存在しないらしい。

以前ジュードが通っていたと聞いた王立学園《アカデミー》は貴族の子達が通う学校で、例外的に平民の子達の中でも魔法スキルを持つ者が特待生として通っているくらいだそうだ。

道理で、日本では義務教育として庶民でも学校に通うという話をしたときにとても驚かれた訳だ。

そんな話をしつつ、所長がお茶を飲み終わったら解散となった訳なんだけど、翌々日には職人さんが研究所に来た。

正直なところ、欲しい物はと聞かれて答えたものの、半分は冗談だったのよね。

まさか、お風呂とか台所とか、工事を伴うような物を次から次へと用意できるとは思っていなかったのよ。

私の認識は甘かったらしい。

既に前々から手配していたんじゃないかと思うくらい、恐ろしい速さで物事は進み、あっと言う間にお風呂と台所ができた。

この速さは日本に比肩するんじゃないかしらと思う程度に完成までが速かったわね。

こうして薬用植物研究所は拡張された。

台所は大きめの厨房《ちゆうぼう》と言ってもいいような物で、隣には研究員全員が使える程の食堂まであった。

しかも料理人付き。

要は研究所専用の食堂ができたのだけど、これは皆に好評だった。

これまでは王宮の従業員専用の食堂に食べに行っていたのだけど、王宮までは遠いからね。

引きこもりの研究員達《やろうども》は大喜びだったわ。

「今日は何を作ってるんだ？」

「今日は鶏肉の香草焼きとサラダですね」

新しい厨房の片隅でレタスを千切っていると、後ろから所長に声をかけられた。

せっかく料理人さんまで付けてもらったのだけど、忙しくない時間帯に自分の分を作らせてもらっている。

元々、この国の料理が口に合わなかったことから、お願いしたものだからね。

自分の分は自分で作りたいだなんて言うと、せっかく来てくれた料理人さんが気を悪くするかなと心配していたのだけど、幸いなことに、この料理人さんが優しい人で、嫌な顔もせずに厨房の一角を使わせてくれた。

ただ、作っている最中に物凄《ものすご》くガン見されるのよね。

どうやら、とても向上心の強い人だったみたい。

味見させて欲しいと言うので、どうぞと言ったところ、結局一人前を平らげられた。

一口食べて呆《ほう》けた後は、ずっと無言で食べ続けていたからね。

是非教えて欲しいというので、それ以来、新しい料理を作る度にレシピを教えてあげた。

その甲斐《かい》あって、王宮の従業員食堂なんて目じゃないほど研究所の食堂は美味《おい》しく成長したわ。

ここまで美味しくなったのなら、自分で作らなくてもいいんだけど、新しいレシピを教えてくださいって料理人さんが頭を下げるので、最近は一週間に一回は自炊して料理人さんにも振る舞うことにしている。

「どうしたんですか？」

鶏肉を焼きながら、後ろに立つ所長に声をかける。

さっきから料理人さんだけでなく、所長まで後ろに立って私の手元をじっと見つめている。

そんなに見つめると鶏肉に穴が開くんじゃないかしら。

開かないだろうけど。

私が厨房で料理を作るようになってからというもの、所長は研究所にいるときは必ず様子を見に来るようになったのよね。

「美味《うま》そうだなと思って」

「ありがとうございます」

「今回のは、どんな味がするんだ？」

「味付けは塩、胡椒《こしょう》だけですよ。後は香り付けに薬草を使ってます」

「そうか」

そこまで話して、また少し後ろを見たけど、所長の視線は相変わらず鶏肉に注がれている。

「所長、もしかして食べたいんですか？　さっきお昼食べてるのを見た気がするんですけど」

「うっ……、まぁ、そうなんだが……」

三度、ちらっと後ろを振り返ると、決まり悪そうな顔が見えた。

そんな表情をしていても、立ち去ろうとしない辺り、よっぽど食べたいらしい。

普段、食堂で見かけても、食べている量は周りと変わらず、食が太いようには見えないんだけどね。

鶏肉に塗《まぶ》している香草の匂いにでも釣られたんだろうか？

まぁ、この香草、バジルもローズマリーも薬草園から取ってきたばかりのフレッシュな物だから、とてもいい匂いがするのよね。

新鮮だったからサラダにまで使っちゃったわ。

焼きあがった鶏肉を、用意していたお皿に載せ、脇に自家製ドレッシングで和《あ》えたサラダも添える。

用意していたお皿は料理人さんと私用の二枚だったけど、小さなお皿をもう一枚用意し、私のお皿から鶏肉とサラダを少し分けてワンプレートディッシュを作った。

盛り付けが終わると、いそいそと料理人さんがお皿を持って食堂に移動し、厨房に一番近いテーブルに並べる。

私もパンの盛られた籠《かご》を片手に、その後に続いた。

「よかったら、どうぞ」

そう言って、私の後ろから付いてきていた所長に小さなお皿が置かれている席を手で指し示すと、嬉《うれ》しそうに席に座った。

「相変わらず美味いな」

それでなくても甘い顔立ちの所長が蕩《とろ》けるように笑みを浮かべる。

お口に合ったようで何よりです。

所長は既に昼食を食べていたので、少ししか盛らなかったのだけど、食べ足りなかったみたいね。

お皿に残っていた鶏の脂と香草をパンに付けてまで綺麗《きれい》に全部食べてくれた。

「しかし、料理に薬草を使うとは驚いたな」

「私の故郷では色々な薬草が料理に使われていましたよ」

この国に合わせて薬草なんて言っているけど、所謂《いわゆる》ハーブのことなのよね。

ハーブって言葉自体に薬草って意味もあるしね。

今日使った物もバジルにローズマリーと、元いた世界では料理でおなじみのハーブだ。

でも、この国では薬草はあくまで薬草で、料理に使われたりはしないらしい。

「料理に薬草を使うことで、食中毒の予防や、消化促進なんかの効果もあるみたいですよ」

「ほう」

「薬膳《やくぜん》料理と言って、病気を予防することを目的にした料理もありましたし」

薬膳はお隣の国の話だけど、料理人さんも一緒にいるので、異世界なんて話はぼかして、まるっと故郷の話として話す。

もしかしたら料理人さんも私が異世界から来たことを知ってるかもしれないんだけどね。知らないかもしれないから念のため。

所長は料理と薬草の関係に興味を引かれたのか、あれこれと質問をしてきた。

こういうところを見ると、所長も研究者なんだなと思うわ。

普段は所長室にこもっていることが多くて、管理業務ばかりしているから、あまり研究者って感じがしないのよね。

質問の内容は、あまりよく知らないことも含まれていて、そういうときは推測として回答すると、所長も自身の考察を話してくれる。

そんな感じで話が弾んだのはいいんだけど、ほとんど薬草の話だったから、料理人さんが交じれなくて、ちょっと悪いことしたなと思った。

◆

「セイ」

本日も新しいレシピを教えるべく厨房で料理人さんとサンドイッチを作っていると、ジュードがやってきた。

「どしたの？」

「所長から伝言があって、この書類を第三騎士団の隊舎に届けて欲しいって」

「今、手が離せないからジュードが行ってくれない？」

「いや、なんかセイに届けて欲しいって言われたんだけど……」

「何でかしら？　今すぐ？　後少しで作り終わるから、それからでもいいかしら？」

「少しならいいんじゃない？」

「分かったわ。第三騎士団の隊舎に行けばいいのね」

「うん、団長の執務室にいるから持ってきてくれってさ」

「りょーかい」

第三騎士団の団長執務室に到着し、扉横に立っていた隊員さんに取り次ぎをお願いすると、すぐに中に通された。

どうやら所長から話が通っていたらしい。

中に入ると立派な執務机の前に応接セットがあり、そこに所長ともう一人、男性が座っていた。

団長さんだろうか？

「すみません、お待たせしました」

「いや、助かった。ありがとう」

「それでは、私は戻りますね」

「ちょっと待て」

所長に書類を渡すと、にこやかにお礼を言われ、用が済んだので退室しようと振り返ろうとしたところで、所長に止められた。

何だろうと思い所長を見ると、隣に座るように促された。

何故《なぜ》に？

ちらりと部屋の主であろうもう一人を見ると、彼からも座るよう促された。

仕方なく所長の横に座ると、所長が彼に話しかけた。

「彼女がセイだ」

「そうか、君が。私は第三騎士団の団長をやっているアルベルト・ホークだ」

「はじめまして、セイです」

苗字は言わない。

この世界で苗字を持つのは貴族だけで、私は貴族ではないからね。

研究所に配属されて、最初に所長に名乗ったときに教えてもらった。

この国では馴染《なじ》みのない苗字で、下手に名乗ると周りに詮索《せんさく》されて面倒なことになるらしいので、それ以来、名乗らないことにしている。

そして、もう一人はやはり団長さんだった。

彼の斜め前に座り、改めて見る。

少し癖のある金髪にブルーグレーの瞳《ひとみ》の冷たい感じがする男性だ。

年は所長と同じくらいだろうか？

騎士だけあって、所長も十分背が高いし、がっしりしてるんだけどね。

いや、所長より体格がいい。

何ていうか、筋肉の厚みが違う。

この国に来てから会った中では一番好みのタイプかもしれない。

「この間の第三騎士団の遠征の件、覚えているか？」

「遠征？」

「ほら、サラマンダーの」

「あぁ」

いきなり紹介を受け、私に用でもあるのかと不思議に思っていると、唐突に所長が話し始めた。

遠征の件と言われて、最初は何のことか分からなかったが、サラマンダーと言われれば分かる。

この間、王都西のゴーシュの森に行った騎士団が大量の負傷者を出した件だろう。

あれから特に話を聞かなかったから、すっかり忘れていたけど、あの騎士団って第三騎士団だったっけ。

「あのとき、お前が上級ＨＰポーション飲ませた奴《やつ》がいただろう」

「えぇ」

「そいつだ」

所長に言われて、そういえば、そんな人もいたなと思い出す。

あのとき、私が上級HPポーションを飲ませたのは、一番重傷だった人、ただ一人。

火傷《やけど》が酷《ひど》くて、直視するのがきつかったため、あまり見ないようにしていたからか人相は覚えていないけど、確か側《そば》にいた騎士さんが団長と呼んでいたのは覚えている。

そうか、この人があのとき死に掛けていた人か。

ポーションを飲ませた直後に黒焦げだった皮膚が剝《は》がれて、下から新しい皮膚が再生していくのは見たけど、完全に治るまで見届けた訳ではないのよね。

あの後もポーションを配り歩いていたし。

改めて団長さんを見ると、あの時の火傷などなかったように肌が綺麗に治っていた。

ここまで綺麗に治るなんて、異世界のポーションは本当に優秀だと思う。

この様子であれば、火傷以外の傷等も綺麗に治っているかもしれない。

ポーションの性能を見たいけど、流石《さすが》に服を脱いで見せてくれっていうのは無理よね。

「ありがとう、君のおかげで助かった」

「いえ……」

しまった。

経過を見たくて、顔をじっと見つめていたせいか、団長さんは薄《うっす》らと頬を染めている。

イケメンの照れる姿とは、こうも破壊力が強いものかとドキドキしながら、当たり障りのない返答をすると、隣からぷっと噴き出す音が聞こえた。

何かと思い横を向くと、所長が口元に手を当てて笑いを堪《こら》えていた。

「所長？」

「いや、何でもない」

何でもないと言いつつも、相変わらず笑いを堪えているみたいだけど、何が可笑《おか》しいんだろうか？

所長があんまりにも不審な行動をしているからか、私だけじゃなく、団長さんも怪訝《けげん》な顔をしていた。

いや、怪訝と言うより、むしろむっとしているというか、恥ずかしそうというか。

恥ずかしそう？

眉間《みけん》に皺《しわ》を寄せて微妙な表情で所長を見ていた。

「そうそう、お前、上級ＨＰポーションの材料欲しがってただろう？」

「ええ。でもあれって森に行かないと採れないんですよね？」

いい加減、そろそろ団長さんが口を開こうとした正にそのときに、漸《ようや》く笑いの衝動が過ぎ去ったのか、所長が口を開いて話題を変えた。

唐突な感じがするけれど、団長さんが怒り出す前で良かったと、ひっそり胸《むね》を撫《な》で下ろした。

所長が言い出した上級ＨＰポーションの材料だけど、確かに欲しいという話を以前所長にした覚えがある。

薬草園でささやかに栽培されていた上級HPポーション用の薬草は、このところの乱獲により大分数を減らしていた。

私としては製薬スキルのレベル上げのため、どんどんポーションを作りたいのだけど、生憎《あいにく》この薬草は栽培が難しく、所長からこれ以上使うことを禁じられている。

それ故、外部から購入できないかと所長に相談したんだけど、栽培が難しい分、とても素敵な価格でね。

ここ最近、予算が潤沢になったとはいえ、そういう高級材料を外部から大量に購入するのも難しかったのよね。

王宮の外にある森などに自生しているらしいので、そちらへ採集に行けば手間は掛かる分、費用は抑えられるのだけど、森には魔物がいて、研究員だけで採集に行くのは困難だった。

「そうだ。この辺りだと南の森に生えているんだが、お前ちょっと取りに行ってこないか?」

「所長、魔物に襲われるのは勘弁なんですが」

「そこは、第三騎士団の連中が守ってくれるらしいぞ」

「え?」

「この間のポーションのお礼だそうだ」

所長の話に、思わず団長さんの顔を見た。

先程とは打って変わって、穏やかな表情をしているので、所長の言う通り、ポーションのお礼に薬草摘みの護衛をしてもらえるようだ。

しかし……。

「お礼なら既にいただいていますけど……」

王宮からは特別報酬、辺境伯家からもお礼をいただいている。

この上更にとなると、貰《もら》い過ぎな気がするのだけど。

「団長殿が個人的に渡したいそうだ」

「おい！」

ニヤニヤしながら所長が言うと、団長さんが慌てたように止めた。

遅かった訳だが。

しかし、個人的なお礼で騎士団を動かしてもいいのだろうか？

「個人的にですか？」

団長さんにちらりと視線を投げると、言外の意味を汲《く》み取ってくれたのか、咳払《せきばら》いをして気まずそうに説明してくれた。

「元々、南の森に討伐に行く予定があって、それでついでにどうかと話をしたんだ」

「そうだったんですね」

元々予定に入っていたのね。

それなら問題ないのかな？

上級ＨＰポーション用の薬草が欲しいのは確かだし。

「ご迷惑でないのであれば、お願いいたします」

私が頭を下げると、問題ないというように団長さんは頷《うなず》いた。

それからは、いつ遠征に行くのかなどの実務的な話が続き、気付けば夕方となっていた。

◆

今日は王都南の森、サウルの森に来ている。

第三騎士団は定期的に王都周辺の魔物を討伐しているらしく、西のゴーシュの森に引き続き、ここサウルの森に遠征する予定だったらしい。

本来であれば、そう頻繁に騎士団が討伐しに行く必要はないらしいのだけど、ここ数年、以前の頻度では間に合わない状況らしく、次々と討伐に出かけている状況だそうだ。

まぁ、【聖女召喚の儀】により【聖女】が召喚されたので、徐々に状況は良くなるだろうと見なされているらしいのだけど。

頑張れ、愛良ちゃん。

それで、今回は、この遠征に薬用植物研究所の研究員さん達も同行している。

魔物の討伐が主目的とはいえ、こうして騎士団と一緒に森に来られることはないらしく、この機会に森の中に生えていて、薬草園にはない様々な薬草の採集を行ってしまおうと皆付いてきたのだ。

中には、採集だけでなく、薬草の植生調査まで行おうとした輩《やから》もいたようだけど、主目的の邪魔になるため、所長によりあっさりと却下された。

本来であれば、足手纏《あしでまと》い以外の何物でもない研究員さん達が騎士団の討伐に参加するなんてこと自体がとんでもないことで、あくまで騎士団の厚意で実現したことだったからね。

進んで薬草採取に参加する研究員さん達がいたので、私は研究所でのんびりポーションを作っていようかと思っていたのだけど、一番薬草を使うのが私だということで、所長により、あえなく参加が義務付けられた。

「おーい、あんまり離れるなよ」

道から少し離れた所にお目当ての薬草を見つけて、採ろうとすると、後ろからジュードに注意された。

ささっと薬草を摘み、ジュードのところに戻ると、追加でお小言を貰う羽目に。

「西の森より穏やかな森とはいえ、魔物が出ない訳じゃないんだからな。離れるなら一言言ってから離れないと」

「ごめんごめん」

南の森は西の森より弱い魔物しか出ないらしいのだが、まったく出ないという訳ではない。

故に気をつけないといけないのは分かっているのだけど、日本にいた頃の感覚が抜けないらしく、お目当ての物を見つけると、つい、ふらふらと行っちゃうのよね。

「ちゃんと見ているから、あまり離れなければ大丈夫だ」

ふっと笑いながら、二人の後ろから声をかけたのは団長さんだ。

現在、騎士団と研究員さん達は三班に分かれて行動している。

その方が効率がいいからなんだけど、私とジュードは団長さんの班に入れてもらっている。

南の森に出る魔物はそれほど強くないらしく、普段は南の森に団長さんが同行することはないそうだ。

けれど、今回は私達がいるからか特別に同行している、とは同じ班にいる騎士さんの談。

お礼とはいえ、何だか申し訳ない気持ちでいっぱいである。

「ありがとうございます。それにしても結構奥まで来た気がするんですけど、魔物出ませんね」

そう。

森に入ってから既に二時間は経過していると思うのだけど、一度も魔物に遭遇していないのよね。

普段からこんなものなんだろうか？

そう思い、団長さんに質問すると、そうではないらしい。

「いや、いつもなら既に数回は遭遇していてもおかしくないんだが……」

「そうなんですか」

「あぁ。ここまで遭わないのも珍しい」

そう言うと、団長さんは眉間に皺を寄せて少し考える仕草をし、他の騎士さん達に話しかけた。

うーん、何かあるのかしら？

嵐の前の静けさじゃないけど、いきなりサラマンダーみたいな強力な魔物が出てこなければいいんだけどね。

そんなことを思いながら、道の側に生えている薬草を摘みつつ、他の班との合流地点に向かった。

今歩いている道の先に少し開けている場所があり、そこで他の班と合流した後、昼食となる予定だ。


「美味《うま》い！」

皆と合流した昼食会場。

あちらこちらで美味《おい》しいと声が上がっているのを聞くと、手伝った甲斐《かい》があるというもの。

昼食の準備は騎士団の皆様がやってくれるというお話だったのだけど、この世界の料理事情を憂えていた身としては手伝わない訳にはいかなかった。

普段使わないようなハーブやらを入れて作ったスープは好評だったようだ。

「薬用植物研究所の食堂は美味いと話を聞いていたが……、もしかしていつも君が作っているのか？」

スプーンに掬《すく》ったスープを見つめながら、そうおっしゃるのは団長さん。

やはり料理に薬草が入れてあるのは珍しかったらしく、作っているときも後ろから、それは何ていう薬草だ、何故《なぜ》入れるのかとか色々聞かれたのよね。

その言動は、いつも後ろから覗《のぞ》き込む、どこかの所長とそっくりだった。

団長さんと所長は子供の頃からの友人で、仲がいいんだと研究員さんに聞いたことがあるんだけど、仲がいいと言動まで似るのかしら？

「いえ、レシピを提供したくらいで、いつもは料理人の方が作ってますよ」

「いつもこんなに美味い食事が食べられるなんて羨《うらや》ましい」

目を細めて美味しそうにスープを食べてもらえるのを見ると、すごく嬉《うれ》しい。

でも、この集団の中にいるのは、ちょっと緊張する。

午前中の討伐の結果、騎士さん達と研究員さん達はそれなりに打ち解けたらしく、思い思いに固まって座っている中、私の隣には団長さんが座っている。

その向こう側には副団長さんが座っていたりと、重役ばかりの固まりに放り込まれている研究員は私一人なのよね。

ジュード？

巻き込もうとしたけど、逃げられたわ。

後で覚えてろ。

「このスープ、色々と薬草を入れられたと伺いましたけど、いつもより体が温まりますね。そういう効果がある薬草があるのですか？」

「ええ、そうですね。今日のスープには……」

主に会話してたのは団長さんとだったが、合間合間に他の騎士さんにも声をかけられ、というか、料理に使うハーブについて聞かれることが多く、色々と盛り上がった。

特に、お酒の肴《さかな》に使うハーブなんて話には食い付きが良かったわ。

ソーセージに入れると美味しいよね。

そんな感じで、料理談義に花を咲かせ、午後からも討伐、そして夕方には王宮に戻った。

討伐にはそれなりの人数の人達が出掛けていたため、王宮に戻ってからは第三騎士団の演習場に一度集まることになっていた。

疲れてはいたけれど、死者も出ずに無事討伐が終わったためか、演習場に集まった研究員さん達はまるで遠足の後のように三々五々に集まり話していた。

話す内容は、今回手に入れた薬草についてだけでなく、道すがら遭遇した魔物や、討伐時の騎士さん達についても話していた。

私がいた班の通った道では、午後も変わらず魔物が出ず、一緒にいた騎士さんが「団長の強さに恐れ戦《おのの》いて、寄ってこないんじゃないんですか」なんて言っていた。

団長さんはこの騎士団の長をやっているだけあって、団の中でも一、二を争う強さなんだとか。

もっとも、魔物が寄ってこないというのは冗談で、ここまで遭遇しないことは今までなかったとも言っていたけど。

実際、他の班では午後も何回か遭遇したらしく、研究員さん達も騎士さん達と一緒になって討伐に参加したみたい。

研究所にいる研究員さん達は皆、何かしら魔法スキルを持っているらしいからね。

騎士さん達の後ろから魔法を撃って応援してたんだって。

魔物討伐なんて王立学園にいたとき以来だと、皆ちょっと楽しそう。

「一応、討伐だと聞いていたから、それなりに覚悟してたんだが、あまりにもあっさり片付いたから拍子抜けしたな」

「あぁ、久しぶりに魔物と戦ったが、その割には調子良かったな」

「お前もか？　俺も学園にいた頃より調子が良かった気がするな」

「流石《さすが》にそれは言い過ぎだろう」

そんな感じで、皆でわいわいと話していたら、討伐の話だったからか近くにいた騎士さんも加わってきた。

「皆さんもですか？」

「え？」

「いや、私達もいつもより動けてたんで、不思議だなって話してたんですよ」

騎士さんの話では、最初は皆、自分だけかと思っていたらしいのだけど、他の騎士さん達の動きもいつもより良かったことから、話し合った結果、身体能力が上がっているようだという結論に至ったらしい。

「何が原因だ？」

独り言のように一人の研究員さんが呟《つぶや》くと、皆其々、見解を述べ始めた。

まぁ、あっさりと一つの原因に思い至った訳だけど……。

「昼食じゃないか？」

「「「それだ！」」」

いつもと違ったことは何かということを考えたとき、皆、昼食で食べたスープのことが思い浮かんだらしい。

確かに、スープにハーブを入れるなんて、普段研究所の食堂で慣れている研究員さん達はともかく、騎士さん達には初めての体験だったはずよね。

では、このハーブが原因なのか？

こうなると、研究員さん達が途端に生き生きしてくる。

早速、研究所に戻って調べなければと鼻息を荒くする研究員さん達を解散の合図があるまで何とか押し留《とど》めたけど、研究所に戻ってからは大騒ぎとなった。

皆、それなりに疲れていたはずなのに。

それから一週間。

原因を調べるのに、研究所で色々な条件で料理を作り、食べて調査した。

それこそ、朝昼晩プラス夜食どころか、一日中食べることに。

流石に研究所の人間だけでは消化しきれず、討伐で仲良くなった第三騎士団の騎士さん達にも協力をお願いした。

騎士さん達が、噂の薬用植物研究所の食堂で食事ができると、喜んで協力してくれたから、とても助かったわ。

結果、料理スキルを持つ者が作った特定の料理を食べると身体能力が向上することが分かった。

この料理スキルを持っていると、ポーションを作るときと同様に、料理を作るときに作製者の魔力が作用するみたいね。

そんな料理スキルは食堂の料理人さん達なら大抵持っているスキルらしい。

もちろん我が研究所の料理人さんもしかり。

小鳥遊　聖　　Lv.55／聖女
HP：4,867／4,867
MP：6,067／6,067
戦闘スキル：
聖属性魔法：Lv.∞
生産スキル：
製薬　　：Lv.28
料理　　：Lv.5

そして、いつの間にか私も持っていた。

これが理由で、あの討伐のときに皆の身体能力が向上したようね。

普段から食堂で食べている研究員さん達が今まで気付かなかったのは、体を動かすことが少なかったからかな。

騎士さん達は体を動かすのがお仕事だからか、すぐに気付けたみたいだし。

実際は、気付いた理由はそれだけではないと思うけど。

ポーションを作るときに発揮される五割増しの呪《のろ》いは、ここでも効果を発揮したようで、食堂の料理人さんが作った物よりも、私が作った料理の方が、効果が高かったのよね。

恐らく、そのせいで効果が顕著に現れて、今回の発覚に至ったんだと思う。

所長にその話をしたら、物凄《ものすご》く呆《あき》れられ、今後はみだりに公の場で料理を作ることを禁止された。

舞台裏

時は少し遡《さかのぼ》る。

スランタニア王国、王宮内の一室は、重苦しい雰囲気に包まれていた。

「それでは報告を聞こうか」

難しい顔をして口を開いたのは、宰相であるドミニク・ゴルツだ。

左右に八人ずつ座れる会議テーブルには、この国の軍務大臣、内務大臣等の大臣達と、各騎士団の団長達、宮廷魔道師団の師団長が座り、それとは別に、一番奥の端には国王が座っていた。

次に口を開いたのは軍務大臣のヨーゼフ・ホークだった。

低く、重みのある声が響く。

「状況は変わらず、思わしくない。各騎士団で順番に討伐を行い、何とか持ち堪《こた》えているが、このままでは近い将来、森から魔物が溢《あふ》れるだろう」

魔物というものは一定以上の濃さの瘴気《しょうき》が集まると生まれ、瘴気が濃くなるほど強い魔物が生まれる。

瘴気は割と身近に発生し、何故発生するかの仕組みは未だ解明されていない。

そして、瘴気は、特に森や洞窟《どうくつ》など、人が住んでいない暗い場所に溜《た》まり易《やす》い。

溜まり易いだけであれば問題はないが、その瘴気から魔物が生まれ、その魔物が村や街などの近くに移動して人的被害を齎《もたら》す。

このような瘴気であるが、魔物を倒すことにより周囲の瘴気を薄くすることが可能であり、魔物を倒し続けることによって、瘴気が濃くなることを防げる。

平時であれば、各騎士団の定期討伐で、村や街周辺の瘴気が溜まり易い場所から魔物が溢れるといったことは十分に防げている。

しかし、この国には、数世代毎《ごと》に魔物を倒す速度を遥《はる》かに超える速度で瘴気が濃くなる時代があった。

現在がまさにそれだ。

各騎士団は討伐に出る頻度を上げることにより、対応してきた。

だが、年々増える瘴気に討伐の回数は増すばかりであり、持ち堪えられて後一、二年というのが軍務大臣と騎士団長達の総意だった。

持ち堪えられなくなれば、瘴気が溜まり易い場所から、討伐し切れなかった魔物が溢れ、周辺の村や街が襲われるだろう。

軍務大臣に続き、内務大臣のアルフォンス・フンメルが口を開く。

「各地の貴族達からも徐々に対処が難しくなっていると報告が上がっております」

王都周辺の森などについては各騎士団により討伐が行われているが、地方の貴族の領内は各貴族が領内の者に命じて討伐を行っている。

この領内の者というのは農民などではなく、各地にいる傭兵《ようへい》達のことだ。

各地にいる傭兵は其々《それぞれ》に傭兵団として纏《まと》まり、その傭兵団に対して領主が報酬と引き換えに魔物の討伐を依頼する。

そうやって地方の安全を維持してきたが、このところの魔物の量に、領主も報酬として渡す財貨が追い付かず、対処が難しくなってきていた。

傭兵達も命を懸けているのだ。

たとえ自分達が住む場所であったとしても、あまりに低い報酬では傭兵団としては動けない。

諸々の理由で傭兵団が動けない、または傭兵団だけでは足りない場合、通常であれば、王宮の騎士団が手を貸すこともある。

しかし、今は王都周辺の対応に手一杯であり、とても地方まで手が回せる状況ではなかった。

軍務、内務、各大臣の答えに眉間《みけん》の皺《しわ》を更に深くした宰相は、次に特務師団の師団長、ミヒャエル・フーバーに問いかけた。

「聖女様の捜索はどうなっている?」

「……残念ながら、未だ見つかっておりません」

フーバーの声もまた暗く、重たいものだった。

瘴気が濃くなる時代が来ると、必ず【聖女】と呼ばれる乙女《おとめ》が国のどこかに現れた。

【聖女】が使う、瘴気を祓《はら》う術は強力で、それにより魔物を次々に屠《ほふ》ることも可能だった。

そうして【聖女】が現れることにより、溢れる瘴気を抑え、時代を乗り切ることができていた。

連綿と続くその歴史から、今回もどこかに【聖女】が現れているはずだと予想し、特務師団が各地で捜索を行っていた。

すぐに見つかると思われた【聖女】だったが、予想に反し、捜し出し始めて三年が経った今でもまだ見つかっていなかった。

着々と近付く破滅の時を前にして、特務師団も懸命に国の隅々まで捜索を行っていた。

見つからない度に、まだ生まれていないのかもしれないと考え、何度も同じ場所に足を運んでもいた。

それでも【聖女】は見つかっていない。

室内に重苦しい沈黙が落ちた。

「伝説にでも縋《すが》りますか」

ぽつりと零《こぼ》したのは宮廷魔道師団の師団長、ユーリ・ドレヴェスだった。

静かな部屋に思いのほか響いたその囁《ささや》きに、テーブルに着く者の視線がドレヴェスに集中する。

ドレヴェスは周りを一瞥《いちべつ》すると、徐《おもむろ》に目の前に置いていた書類を持ち上げた。

「【聖女召喚の儀】という儀式があります」

「それは……。確かにその話は有名な話だが、御伽噺《おとぎばなし》では？」

「いえ、実話です。ここに儀式の内容が書いてあります」

「何ですとっ？」

「禁書庫に収められていた本の中に、儀式が行われた当時の魔道書がありましてね。その中に記録されていました」

「その内容、信頼できるものですかな？」

「分かりません。やり方は載っていましたが、手順がかなり複雑です。儀式を行うのに魔道師の数も必要になりますしね。成功するか失敗するかは五分五分かと」

「そんな……」

「ですが、何もしないまま魔物が溢れる時を待つよりかは試してみる方が良いかと思います」

【聖女召喚の儀】とは、今と同じように、どれだけ瘴気が濃くなろうとも【聖女】が現れなかった古《いにしえ》の時代に構築された儀式である。

時の賢者達のありとあらゆる知識を用いて作り出されたこの儀式は、遥か彼方《かなた》より【聖女】となる乙女を召喚する。

聞く限りでは、まさに今必要とされている儀式であるように聞こえるが、この儀式は作り出されたその当時、ただ一度だけ行われた儀式であり、今日に至るまで行われずに眠っていたものだ。

それ故、手順通りに行ったとしても成功するかは不確実な儀式でもあった。

儀式に必要とされる道具や魔道師の数も多く、儀式を行うだけでもそれなりのコストがかかる。平時に行うには割に合わない儀式だったが、既に限界が近づいている今、そのような些事《さじ》は問題とならなかった。

黙って話を聞いていた国王が口を開いた。

「【聖女召喚の儀】を行う。魔道師団は、直ちにその準備を。それ以外の者は引き続き任務に当たれ」

こうして、スランタニア王国で数百年ぶりの【聖女召喚の儀】が行われることとなった。

【聖女召喚の儀】は成功した。

儀式によって、異世界から確かに乙女は召喚された。

だが、ここで問題が発生した。

召喚された乙女が二人だったのである。

記録によれば、今まで国内に現れたときも、かつて召喚されたときも【聖女】はただ一人だった。

召喚された二人のうち片方だけが【聖女】なのか、それとも両方とも【聖女】なのか、はたまた両方とも【聖女】ではないのか。

それを唯一判断できそうな宮廷魔道師団の団長は【聖女召喚の儀】の反動により、儀式を行った直後に倒れてしまい、現在もなお眠ったままであった。

更に問題は続く。

聖女候補が二人いることを国の重鎮達が知ったのは、【聖女召喚の儀】を行った翌日のことだった。

儀式が成功したことは、本人たっての希望により儀式の統括を行っていた第一王子から、すぐに国王へ報告が上がった。

第一王子からの報告は無事に【聖女】が召喚されたというものであり、人数については言及されていなかった。

これで漸《ようや》く少しは落ち着けると重鎮達が思ったのも束の間、翌日になって入ってきた知らせに重鎮達は揃《そろ》って頭を抱えた。

その知らせとは、第一王子が何故《なぜ》か片方の聖女候補にしか声をかけず、もう片方の聖女候補をその場に置き去りにしたというものであった。

しかも、第一王子が無視をした形となったもう片方の聖女候補は、その対応に怒り、城を出て行こうとしたらしい。

幸い、その場にいた騎士達の行動により、何とか直《す》ぐに城を出ることは思い留《とど》まってくれたようだったが、彼女のこの国への心証が限りなく悪くなっただろうことは想像に難くなかった。

「あいつは何をしているんだ……」

国王の疲れたような、事実どっと疲れたのであろう、声がその場に響いた。

◆

【聖女召喚の儀】から一ヶ月。

とうの昔に日も落ち、部屋の外は闇に包まれている時刻。

王都にあるヴァルデック伯爵家の別邸で、二人の男がワインを飲みながら寛いでいた。

一人はこの館の主であるヴァルデック伯爵の次男で、ここに住んでいるヨハン・ヴァルデック、薬用植物研究所の所長。

もう一人はヨハンの幼い頃からの親友で、ホーク辺境伯の三男であるアルベルト・ホーク、王宮の第三騎士団の団長だ。

二人はよくヴァルデック邸で酒を酌み交わす仲であったが、最近はアルベルトが魔物の討伐に忙しく中々時間が取れないでいた。

こうしてヴァルデック邸で会うのも一ヶ月半ぶりである。

「そういえば、最近研究所に新しく人が入ったそうだな」

「ん？　ああ……」

一ヶ月半ぶりということもあり、お互いに近況報告をしていた中で、最近研究所に新しく入った研究員についてアルベルトが問うた。

何とはなしに思い出したようにアルベルトが口にしたその問いに、ヨハンは苦笑を零す。

何でもない風に装ってはいるが、アルベルトが忙しい中、時間を作ってヴァルデック邸を訪れたのは、この話が目的だったのかとヨハンは推測した。

「どんな感じだ？」

「至って普通だな」

「普通？」

「今いる研究員と同じだってことだ」

質問から外れない程度に、アルベルトが知りたい内容からは、ずらして回答する。

分かっていながら、こうしてはぐらかすのはいつものことだ。

こんな感じでヨハンはいつも生真面目《きまじめ》なアルベルトをからかうのだ。

アルベルトもそれが分かっているから、ヨハンの回答に苦笑で返しながら、視線で続きを促す。

それを見て満足したヨハンは求められた回答を述べた。

「今のところ、王宮に対して不平不満を言うこともなく、至って真面目に職務に励んでいるな」

「そうか。召喚した早々怒らせたらしいな。あまりの剣幕に、対応した内務の人間が聖女様を怒らせたと真っ青になっていたらしいが」

「そうらしいな。そのせいか、いつもは澄ましている奴等《やつら》が、今回は随分と下手に出てきたぞ」

「そうなのか？」

「ああ」

【聖女召喚の儀】が行われた日。

その日もアルベルトは魔物の討伐のために王都を離れていたため、儀式の後の諸々については噂で耳にする程度しか知らなかった。

戻ってきてから色々な噂を耳にするうちに、件《くだん》の聖女候補が、現在はヨハンが所長である薬用植物研究所にいることを知った。

そこで、噂よりもヨハンに直接聖女候補のことを聞いた方が早いと、忙しい中時間を作ってヴァルデック邸に来たのだった。

ヨハンが聖女候補のセイを研究所で預かることになった経緯を説明する。

突然二週間程前に、毎日来るようになった黒髪、黒目の女性。

最初は研究員の一人であるジュードが相手をしていた。

しかし男所帯の研究所に、薬草に興味のある女性ということもあり、あっという間に殆《ほとん》どの研究員が彼女の相手をするようになっていた。

この国では珍しい髪と瞳《ひとみ》の色を持つセイを見て、ヨハンは胸騒ぎを覚えた。

ちょうど数日前、偶然王宮の廊下で出会った兄と立ち話をした際に、【聖女召喚の儀】が行われたという話を聞いていた。

召喚された女性は二人おり、茶髪に黒目の女性と、黒髪に黒目の女性だったとのこと。

その話を思い出したヨハンは、すぐに兄に連絡を取った。

そして、最近研究所に黒髪、黒目の女性がよくやってくるという連絡をした翌日、兄から至急王宮に来るようにと呼び出された。

王宮の指定された部屋には兄の他に、文官でも高位の者がいた。

応接セットのソファーに座り話を聞くと、研究所に来ている女性は、やはり召喚された女性のうちの一人であり、可能であれば薬用植物研究所で面倒を見て欲しいと頼まれた。

何故、研究所で彼女を預からなければならないのか？

候補とはいえ、現在のこの国にとって【聖女】とは国王と並び立つ程の重要人物である。

いや、この国の命運を握っているという意味では、国王よりも重要かもしれない。

そんな【聖女】であるかもしれない彼女を王宮の片隅にある一研究所が預かるというのはどういう理由か。

ヨハンがそのことを指摘すると、高官は額に浮かべた汗をハンカチで拭《ぬぐ》いながら、歯切れ悪く答えた。

召喚直後の第一王子の行動に、セイのこの国に対する心証は限りなく悪くなっていた。

実際に、第一王子が出て行った後、彼女も出て行こうとした。

部屋からではなく、この国から。

それをその場にいた者達が何とか思い留まらせ、別の部屋まで案内し、その後対応した高官の必死の説得により、何とか今は王宮に留まってもらっている状況だった。

過去に【聖女】が同時期に二人いた例《ため》しはなく、【聖女召喚の儀】で二人以上の【聖女】が召喚された例しもないため、現在のところ、どちらか片方が【聖女】ではないかというのが、王宮内では主流の見解だ。

だが、例がないというだけで、もしかしたら二人とも【聖女】かもしれず、手放すのは危険だということで、王宮としては両方とも留め置きたかった。

そんな中、セイはどうやら王宮の薬草園を気に入った様子で、このところ毎日出向くようになっていた。

高官としては、ここは是非研究員達と親睦《しんぼく》を深め、少しでもこの国への心証を良くしてもらいたいと考えていた。

「要はカイル殿下の尻拭《しりぬぐ》いを俺達にやれって話だ」

「元の予定では、彼女には教師がつけられて、この国のことを学んでもらうはずだったんだがな。ちなみに、カイル殿下が保護している聖女候補は王立学園に通われるそうだ」

「大方、怒らせた手前、彼女のご機嫌取りのために、暫《しばら》くは好きにさせておこうって魂胆だろう」

「そうだろうな。そう悠長にしていられる状況ではないんだが……。どうせお前のことだ、内務に色々と吹っかけたんだろう?」

「当然」

ヨハンはニヤリと笑って、手に持っていたグラスを掲げる。

高官から話を聞き、貴族として王宮の考えは理解できたし、研究所に来ているセイを見ていても預かることには何の問題もないように思えた。

だが、高官のまるっきり自分達に任せようとする姿勢がヨハンは気に入らなかった。

そこで、わざと難しい表情を作り、あれやこれやと理由をつけて断ろうとした。

彼女が日中研究所に来るとしても、王宮と研究所は距離が離れており、毎日通うのは辛《つら》いのではないか。

研究員達の中には、そのことが理由で研究所に泊まり込んでいる者もいるが、彼女が同じように言い出したらどうするのか。

仮に研究所に泊まりたいと言われても、あのようにむさ苦しい所に泊まらせるのは問題があるのではないか。

今研究所にある部屋を改築するにしても、研究所に与えられている予算では改築はできない、等々。

その他にも様々な理由を挙げ、できないと言ったところ、最終的にはヨハンが希望したことは全て通った。

聖女候補に関する万全のサポートを取り付ける中で、さりげなく研究所全体に係る環境改善案を通した手腕を見て、隣に座っていたヨハンの兄が引き攣《つ》っていたが、ヨハンはそれを無視した。

その後、実際にセイが住むことになった部屋の改築は最優先で行われ、一週間という異例の短期間ではあったが、彼女が引っ越してくるまでに終わらせることができた。

「しかし、不思議なんだが、あれほど聖女候補の機嫌を取ろうとしていた割に、内務の奴等は彼女を部屋に放置していたらしいじゃないか」

「放置？」

「研究員達の話によると彼女自身がそう愚痴っていたそうだ。召喚されて部屋に案内されたはいいが、その後は放置されていたから暇だったってな」

「どういうことだ？　俺が聞いた話とは違うな」

アルベルトの言葉に、ヨハンは片眉《かたまゆ》を上げた。

アルベルトが王宮で聞いたのは、聖女候補が召喚後、体調を崩し、臥《ふ》せっていたという話だった。

実のところ、日本とスランタニア王国との間では時差があり、日本では深夜だったが、召喚された時点でのスランタニア王国では、まだ午前中だった。

そのため、セイは仕事から帰宅後に召喚されて疲れていたこともあり、滞在先の部屋に案内された直後、倒れるようにソファーで寝てしまった。

それに拍車をかけて、セイの見た目が悪い方向に作用した。

日々の激務で培われた病人のように青白い肌に、長年の睡眠不足による目の下のクマが殊更に彼女の体調を悪く見せていた。

ソファーの上に倒れ、死んだように眠るセイを見た女官が、慌てて高官に取り次いだところ、二、三時間前まで怒りを漲《みなぎ》らせていた彼女の姿との落差に、高官は召喚の影響でセイが体調を崩したのではないかと慌てた。

急いで宮廷医師を呼び寄せ、眠っている彼女を診察させたところ、特に病にかかっている兆候はないが、疲労状態にあるという診断が下された。

それを聞いた高官の取り計らいにより、セイに休養が与えられたというのが事の顛末《てんまつ》である。

また、この一連の騒動の影響で、聖女候補が二人いるという報告が一日遅れで国王に届くことになった。

遅れた理由の中に、ほんの少し、不始末の報告をしなければならない高官の葛藤《かっとう》もあったことは否定できない。

「なるほどな。確かに研究所に来始めた当初は酷《ひど》い顔色だったな」

「今はどうなんだ?」

「今か?　そうだな……、大分マシにはなっているな」

アルベルトの話を聞き、ヨハンはセイが研究所に来始めた頃、アルベルトが言っていた通り、ともすれば体調不良だと判断されてもおかしくない風貌《ふうぼう》をしていたことを思い出す。

あれから暫《しばら》く経った今は、研究所にこもって日に当たらないせいか肌は白いままだったが、目の下のクマは大分薄まってきており、一目で体調不良だと判断されるほどではなくなっていた。

「そうか。……食事はちゃんと取れてるのか？」

「食事？　なんだか、お前父親みたいだな」

「っ……。うるさい。最近、カイル殿下のところの候補があまり食事を取らなくて問題になってるらしい」

「ほう」

「料理長も色々と手は尽くしているらしいんだが、あまりに食が細くて、いつか倒れるんじゃないかと殿下が心配していてな」

「確かに、うちのところのも食は細いな」

「彼女達の国では食事の量が少ないのは普通なのだろうか？」

「さあな。今度聞いてみるか」

日本から召喚された二人にとって、スランタニア王国の味付けはシンプル過ぎた。

使われる調味料も少なく、素材の味そのままのことが多い料理は、彼女達の口に合わなかった。

それ故、自然と二人とも食が細くなってしまっただけなのだが、もう一人の聖女候補であるアイラを心配した第一王子はあれこれと周りに指示を出していた。

尤《もっと》も、それは効果を発揮していなかったが。

「カイル殿下は今回は随分と熱心だな」

「まぁ、色々あるからな……」

アルベルトは口を濁したが、その内容にヨハンも心当たりはあった。

スランタニア王国には三人の王子がいる。

この国では代々長男が国王となってきたため、第一王子が王太子として扱われている。

しかし、第二王子が非常に優秀であり、最近ではこちらを王太子として押す派閥もちらほら現れていた。

第二王子にその気がなく、国王もそれを否定しているため、それほど問題とはなっていなかったが、以前から自分が弟より劣ると自覚していた第一王子はそのような派閥があることを気にしていた。

今回の【聖女召喚の儀】において儀式の統括を申し出たのも、周りの貴族達へのアピールが目的だったことが窺《うかが》い知れる。

残念ながら、セイを怒らせた時点で、狙っていたものとは逆効果となってしまい、それが余計に第一王子へのプレッシャーとなっていた。

「未だに【聖女】に関しては殿下が仕切っているのか？」

「ああ。陛下もこの度の殿下の失態に頭を痛めていらしたが、ここで他の者と交代させるのも後の憂いになる可能性があるとのことで、暫くは様子見だそうだ。幸い、お前のところの候補が思い留《とど》まってくれたからな。できれば殿下に挽回《ばんかい》してもらいたいと思っているんだろう」

「後継者争いは国が乱れるからな」

瘴気《しょうき》の問題に加え、後継者争いが勃発《ぼっぱつ》した場合、間違いなく国が乱れると予想したヨハンは溜息《ためいき》を吐《つ》いた。

確かに第一王子は多少思い込みが激しく、少々直情径行な部分があるが、情に厚い部分があり、それを好ましく思う者も多かった。

更に、第二王子や側近の支えもあり、第一王子が国王となるのに差し当たって問題はなかった。

今回の件で、些《いささ》か貴族達からの評価が落ちはしたものの、聖女候補を失うという致命的な失態は避けられ、まだ挽回できると国王は考えているようだ。

「それにしても二人か……。儀式は本当に成功したのか？　今までの歴史を考えれば、【聖女】は一人じゃないとおかしいだろ」

「儀式が成功しているのは間違いないな」

「その根拠は？」

「このところ、魔物の湧きが徐々にだが減ってきている」

【聖女召喚の儀】以降、僅《わず》かではあるが近隣に発生する魔物が減ってきており、定期的に討伐に出ている騎士達は、確かにそれを実感していた。

既に発生している魔物については消滅することはないが、発生速度が遅くなりつつあるため、以前より魔物の数が減ってきているように感じていた。

その感覚から、騎士達の間では儀式は成功し、間違いなく【聖女】が王宮にいると確信しているのである。

もちろん、このことは重鎮達にも報告されている。

【聖女】を見極めることができる宮廷魔道師団の師団長が意識不明のままであるため、二人のうちのどちらか、または両方が【聖女】であるかは分からないが、王宮の悲壮感は払拭《ふっしょく》されていた。

「そうか。お前のところも少しは落ち着くといいな」

「そうだな。流石《さすが》に皆、疲労が溜《た》まってきているしな」

「次の討伐は西の森だったか？」

「いや、その前に東の討伐があるな。西が終われば少し長い休みに入れる。東と南に比べれば厄介な場所だが、それほど強い魔物が出る場所でもないしな。無難に終わらせてくるさ」

「まぁ、お前に限ってまさかはないと思うが、気をつけろよ」

「分かった」

このとき、何かのフラグが立ったが、二人がそれを知る由もなかった。

第四幕　化粧品

喚び出されてから五ヶ月。

「何作ってるの？」

薬草園で収穫したラベンダーから精油を作っていると、ジュードに声をかけられた。

「ポーションの材料？」

「ううん。化粧水の材料かな」

欲しいのは精油を作る際の副産物であるフローラルウォーターだ。

こちらの世界に来てから、化粧品を自分で作るようになった。

手作り化粧品には前から興味があったし、必要に迫られたからというのもある。

こちらの世界にも、もちろん化粧品はあるのだけれど、貴族向けの物が多くて、高いのよね。

幸い、ここは薬用植物研究所。

化粧品を手作りするための器具や施設、おまけに材料も使いたい放題だったりする。

「へー、薬草からも作れるんだね」

「薔薇《ばら》なんかの花からも作れるわよ」

それから、この世界にも化粧品はあるけど、ポーションとは違って謎レシピの物が多い。

本当にそれ顔に塗っても大丈夫なの？　って問い掛けたくなるような物もある。

それを塗るくらいならポーションを顔に塗った方がマシなんじゃないかと思うくらいにね。

もっとも、ポーションは傷を治すのが目的で、化粧品のように保湿や美白効果なんてものはないから、化粧品として使うのは微妙なのよね。

試しに使ってみたけど、本当に微妙だった。

「前にも作ってたけど、あのときもラベンダーを使ってたっけ？」

「使ってたけど、あのときに作ってたのは化粧水じゃないわね」

「そうなんだ。違う効果の物？」

「そうね、基本的な効果は同じかな」

「そっか。まぁ、セイの作る化粧品なら効果は高そうだね」

ジュードの一言に、私は苦笑する。

私が作る化粧品は高性能だ。

思いつきで、攪拌《かくはん》する際に魔力を注いでみたら上手《うま》くいったのよね。

魔力を注ぐか注がないかで、効果に雲泥の差が出たのよ。

しかも化粧品を作る際、製薬スキルが影響するらしくて、例の五割増しの呪《のろ》いもしっかりと働いている。

製薬スキルが影響することが分かった時点で、もしかしてと思って、他の研究員さんにお願いして、同じように化粧品を作ってもらったの。

そうしたら、予想通り、私が作った物とそうじゃない物とで効果に差が出たのよ。

化粧品と製薬スキルの関係については明らかになっていなかったらしく、気付いたときには研究員さん達も驚いていたわ。

ポーションと違って化粧品は使う人が限られているし、研究員さん達は男性ばかりだから興味がなかったこともあって、気付かなかったみたいね。

五割増しの呪いのことも含めて所長に報告したら、料理に続いてまたかという感じで笑われたわ。

とっても疲れた感じの笑い方だったけど。

「セイが自分で化粧品を作るようになったのって、研究所に来てからだっけ？」

「そうね」

「やっぱり」

やっぱり？

首を傾《かし》げると、ジュードがはにかむように笑った。

「ここに来てから、すごく綺麗《きれい》になった」

「へ？」

突然、何を言うのだろう、この子は。

思わず呆《ほう》けてしまったけど、言われた内容はしっかり理解できたみたいで、じわじわと顔が熱くなるのが分かる。

男性にそんなことを言われたのは初めてで、すごく恥ずかしい。

「きゅ、急に何を言うのよ」

「ん？　感じたことを言っただけだよ」

慌てて取り繕ったけど、私が照れているのには気付いているらしく、ジュードの方は然《さ》も当然という風に笑った。

確かに、こちらの世界では深夜残業なんてものはなく、規則正しい生活を送っているおかげもあって、長年目の下に居座っていたクマもすっきり、さっぱり消え、髪の毛も肌もぷるツヤになった。

日本にいた頃は一日中、毎晩深夜遅くまで働いていたせいで、美容とかおしゃれとかに縁遠く、立派な喪女だったけど、こちらに来てからの外見の変化に最近では鏡を見るのがちょっと楽しいとも思っていた。

目の周りに塗っていたクリームのおかげか、視力まで良くなって眼鏡も必要なくなったしね。

だけど、喪女は喪女。

外見は変わっても、中身は未だ喪女なのよ。

そんな私にこの流れ、非常に対応に困る。

「もう、からかわないで」

だからそう言ったのだけど、ジュードは少し眉《まゆ》を下げて、困ったように笑うだけだった。

◆

朝起きて、歯を磨き、顔を洗って、化粧品で整える。

日本にいた頃と変わらないルーチンワーク。

自作の化粧品はしっかりと効果を発揮し、私の外見はずいぶんと健康的になったと思う。

私と一緒に召喚された荷物の中にあった小さな手鏡を見ながら、その効果を実感してニマニマする。

とはいえ、ノーメイクなのは相も変わらず。

基礎化粧品は作れたけど、メイクアップ系の化粧品は作り方を覚えていなかったのもあって作れなかったのよね。

塗りたくるのはあまり好きではなかったから、別にいいっちゃいいんだけど。

ひとしきり眺めて満足したところで、着替える。

今日は休みなのもあって、少しのんびりしていたら、結構いい時間になっていた。

さて、何をしようか？

「『ステータス』」

小鳥遊　聖　　Lv.55／聖女
　ＨＰ：4,867／4,867
　ＭＰ：6,067／6,067
　戦闘スキル：
　　聖属性魔法：Lv.∞
　生産スキル：
　　製薬　　　：Lv.30
　　料理　　　：Lv.8

とりあえず、現状確認。

製薬も料理も上がったわねぇ。

料理はこのまま作り続ければまだまだ上がりそうだけれど、製薬スキルに関しては最近は上級ＨＰポーションでも上がり難《にく》くなってきたのよね。

上級ＨＰポーションの上って、何作ればいいんだろう？

研究所にも薬草や薬に関する本はあるけど、上級ＨＰポーションより効果の高いポーションについて書かれている本は見たことないのよね。

王宮の図書室に行けば載っている本があるかしら？

せっかくの休みに結局仕事に関することをしているなんて、相変わらずの仕事中毒《ワーカホリック》だとは思うけど、他にしたいこともないのよね。

街に出かけて買い物という手もあるけど、王宮から出たことがないから気軽に行きにくいのもあるし。

誰か一緒だったら別なんだろうけど……。

まぁいいか。

今日は王宮の図書室にこもって、本を読もう。

「あれ？　セイ、出掛けるの？」

三階の自室から一階に降りたところでジュードに声をかけられた。

彼は、今日は休みではなく、お仕事だ。

丁度倉庫から薬草を持って研究室に入るところだったようで、両手に抱えている箱の中には、こんもりと薬草が入っている。

「うん、王宮の図書室に行こうと思って」

「そっか、今日休みだったっけ？」

「そうよ」

「いってらっしゃい」

「いってきます」

ジュードに見送られながら研究所を出て、王宮に向かって歩く。

三十分かかるけど、これもいい運動よね。

日頃、研究所に引きこもっているのもあって運動不足ではあるから、たまにはこうやって歩かないとね。

面倒だけど……。

暫《しばら》く歩くと王宮に着き、中に入る。

図書室までは仕事の関係で何度か行ったこともあるので道に迷うことはない。

道すがら王宮の廊下に飾られている壷《つぼ》や絵画などを見ていると、図書室まではあっという間だ。

王宮というだけあって、置かれている物はどれも一級品なんだと思う。

壷に絵付けされている繊細な模様や、優美な風景が描かれた絵画を見ているだけでも楽しい。

元いた世界では元宮殿が美術館になっている所もあったから、気分は美術館の中を歩いている感じかしら。

図書室に着き、入り口の扉を開いて中に入ると、空気の流れができたからか、窓から差し込む光に埃《ほこり》が舞うのが見える。

内部は本を守るために窓が少なく、薄暗い。

仄《ほの》かな明かりを手がかりに、書棚に収められている本を見て、お目当ての本を探す。

数冊手にしたところで、手近な席に座り、本を開く。

書かれている文字は、もちろん日本語ではないけど、召喚の影響か、書かれている内容は分かるのよね。

脳内では日本語なので、とても不思議な感じ。

どれくらいの時間が経ったのか、席と書棚の間を何往復かした頃、入り口の扉がキィと鳴り、開いた。

王宮で働いている人間は利用できる場所なので、誰かが来ることは珍しくない。

いつもの文官さん達かと思い視線をやると、入ってきたのは豪奢《ごうしゃ》なドレスを着た、目の覚めるような美少女だった。

綺麗に巻かれハーフアップにされた金髪、つり目がちの碧《あお》い目。

どこからどう見ても貴族のご令嬢。

それも高位の。

王宮にご令嬢がいてもおかしくはないけど、図書室で出会うのは初めての気がする。

眼福とばかりに、がっつりと見つめていたせいか、こちらにも気付かれた。

日本人の性《さが》で、思わずぺこりと頭を下げると、素敵な微笑が返ってきた。

これ以上見つめているのも失礼だろうと、それを合図に手元の本に視線を戻す。

少しすると、正面の席に本が置かれた。

顔を上げると先程のご令嬢で、今度はこちらを向かずに本を読み出した。

他にも席はあるのに、何故《なぜ》ここにとは思わないでもなかったけど、気にせず手元の本を読む。

手元にある全ての本を読み終わると、丁度三時を知らせる鐘の音が聞こえた。

結構長いこと図書室にいた気がする。

そろそろ戻るかなと思って立ち上がると、ご令嬢から「あの」と声がかけられた。

「はい？」

「そちらの本なのですが……」

どうやら、片付けようと手に持っていた本の一冊が、ご令嬢が読みたい本だったらしい。

読み終わった後なので、そちらを渡すと、手に持っていた他の本を見て、驚かれた。

「難しい本をお読みなのね。研究所の方かしら？」

「はい」

「流石《さすが》ですわね。こちらの本は古語で書かれているから、私《わたくし》も読むのに苦労いたしましたわ」

何かしらの能力で、書かれている言語にかかわらず読めてしまうので、さっぱり気付かなかったのだけど、手元の一冊は古語で書かれた物だったようだ。

難しいと言われても実感がわかないため曖昧《あいまい》に笑ってごまかす。

「貴女様も薬草にご興味がおありなのですか？」

「そうですわね」

ひどく怪しい敬語で問うと、彼女も曖昧に微笑《ほほえ》む。

うーん、敬語がまずかったのか、それとも質問の内容がまずかったのか。

判断は付かないけど、これ以上お邪魔するのも悪いかなと思い、適当に切り上げることにした。

「もしご興味がおありなら、薬用植物研究所にいらしてくださいい。薬草園には現物もありますし。私は研究員のセイと申します」

「ありがとうございます。申し遅れましたわ。私はエリザベス・アシュレイですわ」

「それでは、私はそろそろ研究所に戻ります」

「ごきげんよう」

本を書棚に戻し、図書室を出るとむわっと、暑さを感じた。

もうすっかり夏ね。

図書室の中は何かしらの方法で温度調整がされていたのか、廊下よりは気温が低かった。

はたはたと胸元を扇《あお》ぎながら研究所までの道を歩いていると、後ろから馬が駆ける音がした。

振り返ると、馬の集団がこちらに向かってきていた。

乗っているのは騎士さんっぽいけど、先頭の人物がどうも知っている人のような気がする。

「セイ！」

「あ、こんにちは」

先頭の人物は第三騎士団の団長さんだった。

ということは、後ろから来た皆さんは第三騎士団の方々だろうか？

何人か見知った顔もあるし、そうみたいね。

「研究所に帰るところか？」

「はい」

「良ければ乗せて行こう」

「お申し出はありがたいのですが、馬に乗ったことがないので……」

研究所まではまだ距離がある。

申し出は大変ありがたいのだけど、馬にどうやって乗ったらいいかが分からない。

困って見上げると、「つかまって」と言われて手を差し出された。

おずおずと団長さんの手につかまると、あっという間に馬上まで持ち上げられ、団長さんの前に座らされた。

いくら痩《や》せているといっても、女性一人を持ち上げるなんて、どんな筋力をしてるのよ。

騎士さん達って皆こんなに力持ちなの？

「それじゃあ、行こうか」

私が驚いている間に、団長さんは手綱を操り、馬がゆっくりと進み出す。

馬の上というのは視線が高くて、ちょっと怖い。

おっかなびっくり、鞍《くら》につかまっていると、密やかに笑う声が聞こえ、後ろから腰に腕が回された。

「大丈夫、ちゃんと支えているから」

「す、すみません」

何、この密着度。

背中に他人の体温を感じるなんて初めてかも。

彼氏いない暦＝年齢の喪女に、この密着度はきつい。

不可抗力とはいえ、まるで後ろから抱きしめられているみたいだと思うと、恥ずかしくて耳が熱くなる。

「王宮へは何をしに行ってたんだ？」

「えっと、今日はお休みなので、ちょっと図書室で本を読もうかと思いまして」

「休みだったのか。どんな本を読んだんだ？」

「薬草の本です。ちょっと調べたいことがあって……」

一人どきどきしていると、団長さんに話しかけられた。

話す度に背中から声が響いて伝わる。

心の中でうわーっと転げまわりながらも、返答していると少しずつ落ち着いてくる。

「休みの日に薬草の調べ事を？　それは仕事じゃないのか？」

「うーん。薬草は趣味でもあるんですよね」

正直に話すと、休みの日にまで仕事をするなんてと呆《あき》れられたが、趣味なんですと言い張った。

「他に趣味はないのか？」

「そうですねぇ……」

問われて思い悩めども、ピンと来るものを思いつかない。

ずっと仕事ばかりだったから、他に趣味なんてないのよね。

そんな感じで雑談していると、騎士団の隊舎と研究所への分岐路に差し掛かる。

団長さんは後ろにいる騎士さん達に、私を研究所まで送って行くと伝えると、彼らと分岐路で別れた。

ここで降ろしてくれても良かったのにと言うと、大した距離じゃないから最後まで送って行くと言われ、結局研究所の前まで送ってもらった。

◆

「セイ、ここなんですけど、少し難しくて。教えてくださる？」

「えーっと、ここは……」

図書室で出会ったエリザベス様ことリズとは、本について話し合うようになった。

話し合うとはいっても、仕事で図書室に用事があるときに会えればって感じなので、そう長い時間話している訳ではない。

内容も外国語や古語で書かれた本の内容で、リズが分からない部分を私に聞いてくる程度だしね。

リズは、それらの言葉を勉強しているらしいのだけど、解釈が難しい部分なんかを私で答え合わせしている感じかな。

最初は文法とかも聞かれたんだけど、残念ながらそういうのはさっぱり分からないからね。

あくまで内容だけ。

「なるほど。そういう内容でしたのね。ありがとうございます」

「いえいえ」

「ごめんなさいね、いつもお仕事のお邪魔をしてしまって」

「あぁ、気にしないで、いい息抜きになってるから」

貴族のご令嬢相手に随分砕けた口調で話してる？

最初はちゃんと敬語で話してたのよ。

でも、途中からリズに言われてね。

呼び方もエリザベス様からリズに、口調もいつもの口調でお願いしますわとか言われてしまって。

綺麗《きれい》なお嬢さんに懇願されたら断れないわよ。

「セイの肌って、とても綺麗ですわね」

一緒に本を読みながら説明していたため、互いの顔が至近距離にあったのだけど、突然そんなことを言われた。

ビスクドールのように、至近距離でも毛穴が見当たらない完璧《かんぺき》な肌を持つ美少女に褒められ、褒められ慣れていない身としては、どう返していいかが分からない。

無難に「そう？」と首を傾《かし》げると、首肯を返され、微笑《ほほえ》まれる。

「この季節になりますと、気をつけてはいても日に焼けてしまうこともありますもの。セイは薬草園でお仕事なさることもあると伺ったことがありますけど、ちっとも焼けていませんし、ますます白く、透明感が増している気がしますわ」

「そうかしら？　リズも全然焼けているようには見えないんだけど」

「もちろん気をつけてはいますし、日々お手入れは欠かしていませんもの。それでも、セイの透明感には届きませんわ。どちらの化粧品をお使いなのかしら？」

やはり女の子だからか、リズも美容に興味があるようで、いつになく話に熱が入っている気がする。

しかも、貴族の御令嬢だからか、言っていることは大人顔負けの内容で、日本でいえば中学生くらいの女の子が話している内容とは思えない。

自分がリズくらいの年の頃は、せいぜい日焼け止めを塗っていただけだった気がするもの。

こういうのを女子力が高いというのかしら？

「化粧品は自分で作ってるのよ」

「まあ！」

自作していると言うと、リズの目が輝いた。

貴族のお嬢様だと自分で作るなんてことはないだろうから、珍しいわよね。

ただ、リズは元々薬草の勉強をしていたからか、どういう素材を使っているのかとか、その素材にどういう効果があるのかとか、かなり突っ込んで聞いてきた。

本の内容を聞いてくるときよりも熱心だった気がするわ。

話が一段落して、やっぱりリズも女の子だなと思っていると、思わぬことを言われた。

「でも、セイが綺麗になったのは化粧品だけではありませんわよね」

「ん？　どういうこと？」

「最近、恋をしていらっしゃるのではなくて？」

はい⁉

私の驚いた顔を見て、リズが扇で口元を隠しながら笑う。

待って、待って、どうしていきなりそんな話が降って湧いてくるのよ。

恋なんて、私にはひどく遠い世界の話なんだけど。

「最近小耳に挟んだのですけれど、ホーク騎士団長がよく女性の方と二人でいらっしゃると噂になっておりますの」

「ホーク騎士団長？」

突然出てきた馴染《なじ》みのない名前に首を傾げる。

その様子に、リズも怪訝《けげん》に思ったのか扇を閉じて眉《まゆ》を寄せた。

「セイはホーク様をご存じないの？」

騎士団長と言われて思い浮かぶのは第三騎士団の団長さんくらいだけど、あの人ホークって名前だったっけ？

いつも団長様って呼んでるから名前があやふやだわ。

所長もアルって呼んでいるし、苗字が分からない……。

「ホーク騎士団長って第三騎士団の団長様のことかしら？」

「やはり、お知り合いでしたのね」

「第三騎士団の団長様なら、うちの所長と仲がいいから知ってるわ」

第三騎士団の団長さんで合ってたらしい。

でも、女性と一緒にいたというだけなら、私じゃない可能性の方が高いんじゃないかしら。

そう思った私の考えは次の一言で否定された。

「ホーク様が女性と馬に二人乗りしていらっしゃるところを、お見かけした方がいらしたみたいで……」

ごめん、それ間違いなく私の気がする。

このところ、図書室から帰るときに出会ったら、毎回研究所まで送ってくれるしね。

目撃された通り、馬に二人乗りで。

アレ、とても恥ずかしいから、二度目からは断ろうとしてたんだけど、そうすると物凄《ものすご》く悲しそうな顔をされるから、断れなくなったのよ。

しかも、初めの頃はまっすぐ研究所に帰っていたんだけど、最近は王宮見学と称して少し遠回りしてたから、多分そのときに目撃されたんだと思う。

「それ私だと思う」

「思った通り、セイでしたのね」

正直に告白すると、リズはほっとした顔で微笑んだ。

その表情が少し気になったので、つい問いかけた。

「どうしたの？」

「え？」

「いや、何かほっとしてたみたいだから、私じゃないと良くないことでもあったのかと思って」

そう言うと、リズが美しい顔《かんばせ》を「困りましたわ」と言い出しそうに歪《ゆが》ませる。

あまり突っ込んじゃいけなかったかしら。

言い難《にく》いなら言わなくてもいいよって言おうとしたところで、リズが細く溜息《ためいき》を吐《つ》き、重い口を開いた。

「その噂を聞いたとき、私は一緒にいるのはセイだと確信していましたわ。でも、私が通っている学園では、違う女性だと噂されておりますの」

「違う女性？」

「えぇ」

リズの話では、団長さんと一緒にいた女性がリズの同級生ではないかと噂されていたらしい。

リズの同級生ということは、恐らく十五歳くらいよね？

確か学園って通常は十五歳が最上級生だったはずだから。

えー、十五歳と団長さんって……、犯罪臭がするんだけど。

こちらの世界では、こういう年の差もありなんだろうか？

「同級生とホーク様って結構年が離れてる気がするんだけど。そこに問題があるとか？」

「いいえ。珍しいことではありますけど、問題にはなりませんわね」

思わず気になって聞いてしまったのだけど、年の差はＯＫだったらしい。

だとしたら、一体何が問題なのだろうか？

考え込んでいると、リズが少し言い辛《づら》そうに口を開いた。

「その、同級生の方にちょっと問題がありまして」

「問題？」

「その方、学園で婚約者のいる殿方達と親しくしていらっしゃって、今ちょっと問題になっていますの」

婚約者！

馴染みのない言葉だったのですっかり頭から抜け落ちていたのだけど、婚約者がいる相手と噂になったら普通に問題よね。

しかし、学園に通う貴族の子ともなると、そんなに早いうちから婚約者がいるのね。

こちらでは成人となる年齢が十五歳で、成人になれば結婚できるらしいから、それを考えれば早くはないのかな。

でも、この話、ちょっと気になる。

「ねぇ、ホーク様にも婚約者がいるのかしら？」

「ホーク様？　いらっしゃらないはずですわ」

「そっか。今の話の流れだと、てっきりいるのかと思ったわ」

「ホーク様に婚約者がいらしたら、相手がセイでも問題になりますわ」

「そうよね」

「ふふふ。ホーク様は弁《わきま》えていらっしゃると思いますから、問題はないと思いますわ」

一瞬、団長さんにも婚約者がいるんじゃないかと思ってどきっとしたけど、いないと聞いてほっとした。

こちらの世界でも婚約者がいる人と噂になるのは問題みたいだしね。

そもそも、婚約者がいなくても私なんかと恋愛関係にあると周りに思われる方が、団長さんにとっては問題のような気がする。

団長さんは私とは違って選《よ》り取り見取りだろうし。

いつも研究所に送ってくれるのは、単純に親切心からだろうしね。

この噂のせいで団長さんの恋の機会を奪ってしまうのは申し訳ない。

団長さんのためにも、ここはちゃんと否定しておかないと。

「問題も何も、そもそも私とホーク様はそういう関係じゃないわ」

「あら、そうですの？」

「そうなのよ。それよりも、話を戻しましょうか」

「そうですわね。それで学園では彼女があの氷の騎士様にまで手を出したのかという話になりまして……」

「氷の騎士様？」

「あぁ、ホーク様のことですわ」

団長さんは氷属性の魔法が使えることと、表情をあまり外に出さず、いつも無表情でいることから氷の騎士様と呼ばれているらしい。

無表情？

私にはいつも笑っているイメージしかないんだけど……。

「ホーク様も人気のある方ですから、また取り巻きを増やしたのかとか、色々と言われてまして」

「ということは、学園で彼女が親しくしている殿方達ってのも、人気がある人ばかりなのね」

「そうですわね」

片頬に手を当てて、ふぅっと溜息を吐くリズは物憂げだ。

要するに、学園で人気のある男子を侍《はべ》らせている同級生が、巷《ちまた》で人気があるらしい団長さんにまで手を出したと勘違いされ、周りがやいのやいの言っていると。

でも、それは彼女が言われているだけで、リズとは関係ないと思うんだけど、何故《なぜ》そんなに憂鬱《ゆううつ》そうなんだろう？

「随分、憂鬱そうね。話を聞くと、その同級生の問題で、リズは関係ないように思えるんだけど、何か問題があるの？」

「そうですわね。その彼女の周りにいる殿方達の婚約者達から、どうにかしてくれって言われて困っておりますの」

「それ、リズじゃなくて婚約者さん達が言えばいいんじゃない？」

「それが、既に注意はしたらしいのですけど、一向に改善されないらしくて」

「それじゃあ、余計にリズが言っても無理なんじゃない？」

「ええ……」

目を伏せて憂鬱そうなリズを見ると何とか力になってあげられないかと思う。

けれども、こういう恋愛がらみの話に今まで全く縁がなかった私にできる助言は思い付かなかった。

どうしたものかと考えていると、リズが口を開いた。

「先日、とうとう一人の方が学園に来られなくなりましたの」

リズの話では、学園に来なくなったという御令嬢の婚約者もまた、問題となっている同級生の取り巻きの一人なのだそうだ。

その御令嬢は、お年頃のせいもあって、顔にニキビが多くあり、以前から自分の容姿に悩んでいたらしい。

どうにか改善できないかと色々と手を尽くしたのだけど、中々治らず、年中顔にニキビが居座っている状態で、そんな状態だからかオシャレも楽しめないらしく、周りの御令嬢と比べても地味な方なんだとか。

ある日、その彼女は自分の婚約者が件《くだん》の同級生を褒めているのを聞いてしまったらしい。

丁度リズも一緒にいたときだったから、彼が話していた内容を覚えていたのだけど、同級生の肌は滑らかで触れたくなるとか、いつも可愛《かわい》らしい格好をしているとか、まぁとにかく、外見を褒めていたみたいね。

男子だけで話しているところに通りかかったときに偶々《たまたま》聞こえたらしくて、彼等に気付かれる前に彼女とリズはその場を立ち去ったのだとか。

御令嬢は今まで婚約者からそういう風に褒められたことがなく、彼が言わなかっただけで、実は彼女の容姿に不満を持っていたのだと思い、それを気に病んで寝込んでしまったそうだ。

努力しているにもかかわらずニキビが治らないで落ち込んでいたところに、その事件でショックを受けて、一杯一杯になっちゃったみたい。

「せめてニキビが治ってくれれば、少しは元気になっていただけるんじゃないかと思うのですけど……」

「そうねえ……」

リズの言葉に、少し考える。

恋愛に関しての助言はできないけど、ニキビの治療法についてなら助言できるかな。

「ニキビの治療については力になれるかも」

「本当ですの⁉」

私の言葉に、リズがぱっと笑みを浮かべた。

私は微笑《ほほえ》みながら頷《うなず》き、それから小一時間、日本にいた頃に聞いたニキビの治し方を詳しくリズに説明した。

リズと別れ、研究所に戻った私は仕事が終わった後、化粧品を作る準備を始めた。

作るのはもちろん、ニキビに悩む御令嬢のための化粧品ね。

化粧品の材料を用意していると、そこへジュードが通りかかった。

「また化粧品を作るの？」

作業机の上に載せられた材料を見て、ポーションじゃないことに気付いたらしい。

ジュードの質問に頷いて返す。

「うん、ちょっと頼まれてね」

化粧品を作るに当たって、リズから御令嬢が今まで試した化粧品や治療法についても確認してみたら、案の定、とんでもない材料を使った化粧品の話や、それはむしろ呪術ではと思うような怪しげな治療法の話が飛び出した。

この世界基準で、もしかしたら正しいものもあったのかもしれないけど、とりあえず私の治療法を試す間は、それらの化粧品や治療法は行わないことを約束してもらった。

何がどう影響するか分からないからね。

リズには洗顔方法や食事内容、睡眠時間等の生活における注意点を伝えたのだけど、念には念を入れて、私が作った化粧品を使ってもらうことにした。

ニキビに効果があるといわれている材料をガラスの容器に入れて、ガラス棒でくるくるとかき混ぜ、魔力を注ぐ。

魔力を注ぎながら、ニキビ治れー綺麗《きれい》になれーと念じるのも忘れない。

自分の化粧品を作るときには、そんなことはしなかったんだけど、今回のはプレゼント用だからね。

一生懸命念じていると、ガラスの容器がふわりと白く輝いた。

今までそんなことが起こったことはなくて、不思議に思ったけど、出来上がった化粧品におかし

なところは見当たらない。

試しに一掬《ひとすく》い取って、手の甲に塗ってみたけど、刺激を感じたりすることもなかった。

一応念のためパッチテストをし、問題がないことを確認してから、リズに渡そうか。

そう思って、次の化粧品作りに移った。


リズに化粧品を渡してから二週間後。

図書室に行った私を、興奮したリズが待ち構えていた。

「セイ！　あの化粧品、素晴らしいですわ！」

開口一番、図書室だからか声を控えてはいたけど、興奮を抑えられないといった体《てい》のリズに詰め寄られた。

何でも、私が化粧品を渡したその日のうちに、リズは御令嬢に化粧品を持って会いに行ったそうだ。

そして、私から聞いたニキビの治療法を伝え、化粧品を渡して帰ったらしい。

既に治療を諦《あきら》めていた御令嬢は、最初は気乗りしないようだったのだけど、ちゃんと治療法と化粧品を試してくれたみたいね。

なんと、効果は試し始めた翌日から如実に現れたらしく、御令嬢の家では大層な騒ぎとなったそうだ。

御令嬢に化粧品を渡して一週間経った日、学園に御令嬢が来て、その姿を見て他の御令嬢達も騒然となった程の劇的ビフォーアフターだったとか。

「それでまた困ったことになりましたの」

「困ったこと？」

困ったことと言うけれど、リズの表情は以前より穏やかだ。

首を傾《かし》げると、理由を教えてくれた。

聞いてちょっと後悔した。

確かに困ったことだった。

「彼女にお渡しした化粧品を欲しいと仰《おつしや》る方が多くて……」

すっかりニキビが消え、すべすべのお肌になった御令嬢の姿は、他の御令嬢の美容魂に火を点《つ》けてしまったらしい。

化粧品の入手先はどこだと話題になり、彼女に化粧品を渡したのがリズだと判ると、リズの下《もと》に皆が殺到したのだとか。

リズも、個人が作っている化粧品だからということで、入手先を伏せてくれているらしいのだけど、追及の手が厳しくて困っている現状だそうだ。

「流石《さすが》に、そんな数は用意できないかな」

「そうですわよね」

数はもちろんのこと、これからずっと作って渡し続けるというのも無理な話。

リズには少し考えさせて欲しいと伝え、研究室に戻った。

ただ、一人で考えてもいい案は出ないのよね。

こういうときは、他の人に相談するに限る。

そう、困ったときの所長頼み。

「という訳で、何かいい方法ありませんか？」

「また、お前は唐突だな」

苦笑しつつも案を考えてくれる所長はいい人よね。

そうして一緒に考えた結果、所長が懇意にしている商店に化粧品のレシピを渡して、そのお店で販売してもらうことに決まった。

お店で作った化粧品は、私が作った物程ではないけど、ちゃんと効果はあるみたい。

お店で売りに出される話をリズにしたところ、私の作った化粧品の効果を知っている御令嬢達から、家族へと話が伝わり、販売初日から売り切れてしまう程の人気商品になった。

もちろん、所長はしっかりと売上の数%が研究所に入るよう契約していたので、研究所の懐がまた暖かくなったのは言うまでもない。

第五幕　王都

喚び出されてから六ヶ月。

所長室のドアをノックし、返事を待ってから部屋に入る。

「失礼します」

ティーセット一式とサンドイッチやお菓子が盛り付けられたお皿をワゴンに載せて。

所長室では所長と団長さんが応接セットのソファーに座って、私が来るのを待っていた。

「美味《おい》しそうだな」

テーブルに並べられるお皿を見て所長と団長さんが嬉《うれ》しそうに笑う。

今日、私は休日だったのだが、丁度団長さんが所長に用事があるとかで薬用植物研究所に来ると聞いていたので、簡単につまめる物を用意することにしたのよね。

イメージはアフタヌーンティー。

研究所には三段トレイがないので普通のお皿に盛り付けたけど、これが王宮のお茶会になると高さのある脚付きの皿等にお菓子が盛られていたりするらしい。

情報源はリズね。

ティーカップに紅茶を注いで、所長と団長さんの前に置き、最後に私用のティーカップを持って、私も所長の隣に座る。

団長さんの眉《まゆ》が少し下がったような気がしたけど、そこはスルーしておいた。

団長さんの隣はとても緊張するのよ、ええ。

「休みの日だというのに、すまないな」

「いえ、好きでしていることなので気にしないでください」

団長さんが申し訳なさそうに謝罪してくれたけど、あまり気にしないで欲しいな。

休日といっても私がすることはいつもと変わらないし。

それに今日は団長さんがお菓子を持ってきてくれたので、こうしてお茶会ができるのは私としては嬉しいくらいなのよね。

それにしても、このお菓子、色とりどりでとても綺麗。

多分果物から作られたお菓子だと思う。

砂糖がまぶしてあるので、すこぶる甘そうだけど、こちらに来てから甘い物を食べることがほとんどないので、ちょっと楽しみだったりする。

所長と団長さんの用事は既に終わっていたので、色々つまみながら三人で雑談する。

「しかし、お前本当によく働くな」

「そうですか?」

「休みだというのに、いつも何処《どこ》にも出かけないで研究所《ここ》で何かしてるだろ」

「ここに住んでいますからね。休日には色々と家事もしたいですし」

休日に家事を済ませるのは日本にいたときと変わらない。

洗濯とか部屋の掃除とか、休みの日に纏《まと》めてすることが多いのよね。

それでも午前中には終わってしまう。

一番時間がかかる洗濯は普段から下働きの人がやってくれるしね。

何でも、研究所《ここ》に住み着いている研究員さん達のほとんどは貴族出身で、自分で洗濯なんてしたことない人ばかりらしいのよ。

それで、そういう研究員さん達のために洗濯や掃除等の家事をする下働きの人が雇われているんだって。

私は不在時に部屋に入られるのが苦手で、掃除は自分でやってるんだけどね。

大半の人は掃除もやってもらってるみたい。

まぁ、そうじゃないと腐海が発生するわよね、きっと。

「家事以外は研究してるか図書室に行ってるんだろ？　仕事しているのと変わらないじゃないか」

「でも本当に日本にいたときよりは働いていませんよ」

所長も団長さんも王宮内ではそれなりの地位にあるので、私が【聖女召喚の儀】で召喚されたことを知っている。

私のことを気遣ってか、二人とも、あまり日本にいた頃の話を聞こうとはしてこないけど、折に触れて私から話すことがあった。

そのため、私がいた国が【日本】という国であることを知っている。

「前は毎日、朝三つの鐘から真夜中の鐘まで働いていましたからね」

「は？」

所長が珍しく素《す》っ頓狂《とんきょう》な声を上げて目を丸くした。

団長さんは声を上げなかったが、口を付けようとしていたティーカップを持つ手が止まり、目を瞠《みは》っている。

それも仕方ないかな。

朝三つの鐘は午前九時、真夜中の鐘は午前零時を示す鐘だ。

通勤時間や身支度の時間を入れると、毎日午前六時に起きて午前二時に寝る生活をずっと続けていたのよね。

一応週休二日で土日が休みの職場だったんだけど、土曜は毎週出勤してたなぁ……。

日曜は流石に家事をしたかったし、体力的な問題もあって休んでたけど。

こちらの世界の人は基本的に日の入り、日の出を基準に生活していて、職業によって異なるとは思うけど、研究所の労働時間もそれに基づいているのよね。

こちらに来てからは毎日大体午前七時から午後五時くらいまでしか働いていないのよ。

しかも合間に研究所や第三騎士団で、のんびりとお茶をすることもある。

それでも怒られたことはないのよね。

他の人達は違うのかもしれないけど、日本にいたときよりはかなーりゆるく生活しているわ。

そのゆるい生活が基本の所長達からしてみれば、前の私の労働時間は、どう見ても働き過ぎに見えるわよね。

「その……、仕事の中で夜会に参加していたりとかは……」

「ないですね。私は平民でしたし」

うん、所長や団長さんのような、お貴族様には夜会に出席するというお仕事もあるわよね。

日本でも催されていたのかもしれないけど、私はそんなセレブな集いに参加するような身分じゃない。

「うちの宰相並みに忙しいって、どんな平民だ」

「私の周りは皆そんな感じでしたよ？」

「文官の連中は似たような感じだな」

「そうなんですか？」

「あー、そういえばそうだな」

こちらでも王宮に勤める文官さんはとても忙しいようだ。

もっとも、文官さん達の大半は平民ではなく貴族だけどね。

そして何かに納得した所長の手が私の顔に伸びた。

「ちょっ、何ですかっ？」

「いや、こっちに来たときに比べたら綺麗《きれい》になったよな」

「は？　いきなり何なんですか？」

「研究所に来た当初のお前の顔、忙しいときの内務の連中にそっくりだったなぁと思ってな」

所長は「今はすっかりクマも取れたよなぁ」と言いながら私の頬に手を添え、目の下を親指で撫《な》でる。

そんなことを生まれてこの方、家族以外の人間にされたことのない私の心臓はバックバクである。

多分、顔も赤くなっていると思う。

そして所長はそんな私の状況を面白がっている。

こっちを見ている所長の表情は変わらないが、瞳《ひとみ》に愉悦の色が混ざったから、きっとそう。

私がこういうスキンシップに慣れていないのに気付いたらしくて、最近こうやって弄《いじ》られるのよね。

あー、もうっ。

所長の手から逃れたいけど、今座っている一人掛けのソファーは大きさのせいで動かし辛《づら》くて所長と距離が取れない。

ちくしょうと内心毒づいていると、対面から咳払《せきばら》いが聞こえた。

視線をやると団長さんが不機嫌そうな顔で所長を睨《にら》んでいた。

もっと睨んでやってください、氷像になるくらい。

所長も咳払いで睨まれていることに気付いたらしく、私の顔から手を離してくれた。

「なんだ、アルも触りたかったのか？」

「違うっ！」

所長の標的は団長さんに変わったらしい。

とりあえず、紅茶を一口飲み、ほっと溜息《ためいき》を吐《つ》いた。

◆

暑い。

季節は絶賛夏真っ盛りです。

ここは大陸にあるだけあって、日本のように湿度は高くない。

けどね、暑いものは暑いのよ。

しかも今日は風もないしね。

許されるなら、キャミソールにショートパンツ姿になりたい。

もちろん素足で。

まぁ、無理だけど。

研究所《こ こ》でそんな格好をしたら、間違いなく鼻血を出して倒れる同僚《やつ》が出る。

だって、今の私の格好は、夏だというのに長袖《ながそで》のシャツにスカートは丈が足首まであるやつだからね。

キャミソールにショートパンツとか、こちらの一般的な下着より布地の面積が少ないのよね。

流石《さすが》にそのままだと熱中症で倒れそうなので、腕はまくってるけど、それでもまだ暑い。

所長に提出する予定の書類を書いているのだけど、あまりの暑さにさっきから筆が止まっている。

これはもう我慢するのを諦《あきら》めよう。

「ねえ、ジュード」

「何？」

ジュードの席に移動すると、彼も暑さに参っているようで、シャツの胸元を盛大に開いている。

何それ、ずるい。

私も胸元開けたい。

こうなったら遠慮なく働いてもらおう。

「ちょっと、お願いがあるんだけど。一緒に来てもらえる？」

「いいよ」

そう言って、ジュードを連れて厨房《ちゅうぼう》に移動する。

厨房に入ると、今はもうお昼もとうの昔に過ぎて、料理人さんはいない。

中をぐるりと見回すと、壁際の棚に捜していた掃除用のバケツが置かれているのを見つけた。

バケツを取って、床に置き、後ろにいるジュードに向き直る。

ジュードは水属性魔法が使える。

以前、魔法で盥《たらい》に水を生むことができるとかなんとか言ってた気がするのよね。

「このバケツに冷たい水って出せる？」

「出せるけど。一体、何を始めようっていうのさ」

「バケツに水入れて、その中に足を入れたら涼しいかなと思って」

「ちょっ、それは……」

「はしたないって言うんでしょ。大丈夫、今ならここには誰もいないし」

この世界、女性が異性に素足を見せるのは、よろしくないらしい。

この間、図書室に行ったときに、暑かったからスカートを扇《あお》いでいたら、それを見たリズに怒られたのよね。

リズは同性なのに。

それを言うと、「誰かに見られたらどうなさるの？」って、とてもいい笑顔で怒られた。

あれは怖かった。

そういう価値観なので、ジュードも珍しく顔を赤くして躊躇《ちゅうちょ》している。

「ジュードもバケツ持ってって、足浸けたら？　気持ちいいわよ？」

渋るジュードにも同じことを提案する。

悪魔の囁《ささや》きというやつね。

「そんなに心配しなくても、この時間に厨房に来る人なんていないし、ずっと浸けてるって訳じゃないんだから。お願い！」

「………。もう……、しょうがないなぁ。見つからないように気をつけなよ」

「ありがと！」

ジュードは渋りながらもバケツに並々と水を生んで、厨房を出て行った。

ちゃっかり別のバケツを持って行ったってことは、別の場所で同じことをするみたい。

なんだかんだ言っても、やっぱり暑いのは皆同じよね。

厨房の床は土間なので、多少水が零《こぼ》れても問題ない。

椅子の前にバケツを置き、椅子に座る。

スカートは濡《ぬ》れないように、膝上《ひざうえ》まで上げた。

靴と靴下を脱いで、バケツの中に足を入れると、ひんやりと冷たい水に足が包まれた。

あー、やっぱり気持ちいい。

どうせ誰もいないからとシャツのボタンを二つほど外し、胸元を広げ、はたはたと扇ぐ。

風は吹いていないが、扇げばそれなりに涼しい。

しばらくそうやってぼうっと過ごし、バケツの水がぬるくなってきた頃だった。

かちゃりとノブを回す音がし、背を向けていたドアが開いた。

「セイ、ここに……」

声がしたので後ろを振り返ると、団長さんがいた。

こっちを見て、何かを言いかけたまま、固まった状態で。

あー、うん。

ちょっと刺激が強過ぎる格好をしてますよね、私。

とても気まずい。

とりあえず、胸元のボタンを留め、バケツから足を抜き、靴を履いて立ち上がる。

「こんにちは、ホーク様。何か御用でしょうか？」

そして何事もなかったかのように、団長さんに声をかけた。

固まっていた団長さんは、その声にはっとし、口元を掌《てのひら》で覆って視線を逸らした。

例の如く、薄《うっす》らと頬を染めて。

「すまない」と小さな声がした。

お願いだから照れないでください。

なかったことにしてください。

そんな思いを込め、私がこほんと一つ咳払いをすると、団長さんは気まずそうに口を開いた。

「君が明日休みだと聞いたんだ」

「そういえば、そうでしたね」

言われて、明日が休みだったことを思い出す。

しかし、それがどうかしたのだろうか？

そう思い、ことりと首を傾《かし》げると、団長さんはこちらに視線を戻した。

「私も明日休みだから、もし良かったら一緒に街にでも行かないかと思って」

「街ですか⁉」

おお！　遂に街に行ける！！！

街にはまだ行ったことがないのよね。

私が喜色満面で答えると、団長さんも持ち直したのか、微笑を浮かべてくれた。

「ヨハンがセイは休みの日まで仕事をして研究所にこもりがちだと心配していたぞ。偶《たま》には息抜きも必要だろ？」

「そうだったんですか」

ヨハンというのは所長のことね。

どうやら所長が心配してくれたらしい。

確かに、他に行くところもないし、研究所に住んでるから休みの日もここにいるせいで、つい仕事しちゃうのよね。

朝はのんびり過ごすんだけどね。

「ありがとうございます。ご一緒させてください」

「そうか。じゃあ、明日の朝、ここまで迎えに来よう」

「よろしいんですか？」

「ああ、かまわない」

やったー！

どんなところなんだろう？

やっぱりヨーロッパの街並みみたいな感じなんだろうか？

ヨーロッパには一度行ってみたかったんだけど、結局行けないまま、こっちに喚《よ》ばれちゃったんだよね。

そんな風に、喜んでいた時期がありました……。

街に行けるのが楽しみ過ぎて、すっかり失念してたんだよね。

一緒に行く相手が、まったく凍ってない氷の騎士様だって。

王宮から街の中心部までは少し距離があるので、門前から辻《つじ》馬車に乗ったのよ。

あまり目立たないように団長さんが気を遣《つか》ってくれたらしく、辺境伯家の豪華な馬車じゃなくて、普通の辻馬車にね。

団長さんの服装も私に合わせてか、街中の庶民が着るような感じの服で。

今となっては、辺境伯家の馬車の方が良かったと思ってる。

だって、普通の辻馬車って広くないのよ。

その広くない馬車に体格のいい団長さんと二人。

近い！　近いよ！

すぐ横にキラキラしたイケメンがいるよ！

しかも、またもや密着……。

狭い閉鎖空間にイケメンと密着二人旅……。

レベルの低い、私には無理だってば！

もうやめて！　とっくに私のライフはゼロよ！

「ほら、あそこに見えるのがヨハンのところの本邸だ」

「へー」

私が脳内で悲鳴を上げているのを他所《よそ》に、団長さんはニコニコしながら私の向こう側を指さす。

ちょっ、寄らないで！　近い、近いっ！！！

団長さんの方を向いていられないので、指さされた方を見ると、そこにあるのは見事な豪邸。

王都なんだから地価もすごいだろうに、所長の家はとても大きかった。

あの人ん家《ち》、何げにお金持ち？

「大きかったですねぇ」

「そうだな。ヨハンの家は、かなり有力な家だからな」

そうだったのね、と思いつつ首を元に戻すと、ほんとにすぐ近くに団長の顔があって、心臓が止まるかと思った。

私の顔に血が上ったのを見て、すぐに気付いて離れてくれたのはありがたかったけど、どうやっても馬車の中は広くならない。

非常に私の心臓に負担をかけながらも、馬車は進んで行き、徐々に街中に入っていった。

「うわ――――！」

すごい！　何これ、可愛《かわい》い！

街並みがもろにヨーロッパ！

屋根は赤色で、御伽噺《おとぎばなし》に出てくるもののよう。

街並みに感動していると、馬車が止まり、扉が開けられた。

団長さんが先に降りて、手を貸してくれる。

その手を取って降り、周りを見回すと、中心地に近いらしく、結構人が多い。

私が感動しながら辺りを見回していると、「あっちに市場があるから、行ってみよう」って、団長さんは、そのまま私の手を引いて行こうとした。

えっ？　手、離してくれないんですか⁉

ちょっと！

いや――――――！

◆

おお――――！　っと思わず歓声を上げたくなる光景が目の前には広がっていた。

市場には、様々な色とりどりの野菜、果物、肉や魚が売られ、中にはキノコ専門店みたいなお店もある。

食材以外では、パンを売っているお店や屋台なんかもあったりして、周辺ではお腹《なか》が空く匂いが漂っている。

料理事情はアレなのに、食材はとても豊富で、見たことのない物も売っていて面白い。

パン屋には、色々なパンが置いてあり、少しだけだけど白パンも置いているみたい。

白パンは小さく、お値段も他の物より高いので嗜好《しこう》品扱いなのかな？

市場は王都の台所とも呼ばれるほど、活気に溢《あふ》れていて、多くの人で賑《にぎ》わっていた。

向かい合ったお店の間には、人が八人は横に並んで歩けそうな幅の道があるのだけど、人で埋まって、歩きにくい。

そんな中を歩き、興味深い品物が売っているお店を覗《のぞ》いていたら、すっと肩を引き寄せられた。

前から歩いてきた人にぶつかりそうになっていたらしい。

「ありがとうございます」

引き攣《つ》った笑顔で隣の団長さんにお礼を言うと、にっこりと微笑《ほほえ》まれた。

市場に着いてからも、手を繋《つな》いだまま歩いていた。

市場は混んでいて、お店を集中して見ていると迷子になりそうなくらいだった。

まぁ、ちょっと現実逃避したかったのよ、色々と。

それで油断していた訳ではないと思いたいんだけど、ふらふらしていたら、前から歩いてきた人にぶつかりそうになった。

それで、さりげなく繋いだ手を離されて、その代わりに肩を寄せられるっていうね……。

ふふふふふ……。

これ、何ていう拷問？

神様は私の心臓の強さを試しているのかしら？

人を避《よ》けた後、再び手を繋がれるのは仕様なのかしら？

うん、慣れって怖いよね。

繰り返すこと数回。

もう赤くならずに、引き攣ってるかもしれないけど笑顔でお礼が言えるくらいには成長したわ！

私にしてはかなり頑張ったと思う。

お店に集中しなければいい？

お店に集中しなかったら、他の事に集中しちゃうじゃない！

「大丈夫か？」

「あ、はい。大丈夫です」

「お腹は空いてないか？」

「そうですね……」

お昼にはまだ早いけど、朝早く出てきたからか、お腹は少し空いている。

結構歩き回ったこともあって、少し足も疲れてきた。

団長さんはまだまだ平気そうだけど、引きこもりの私にはちょっと辛《つら》いかな。

市場には屋台もあって、ちょっと気になるけど、団長さんは貴族様だしなぁ。

屋台で買い食いなんてしないよね。

近くの喫茶店にでも入る感じかな？

「少しお腹空きました」

「では、せっかくだし屋台で何か買って休憩しよう」

あれ？　団長さんって貴族様だったよね？

私は嬉《うれ》しいけど、屋台でいいの？

団長さんは私を連れて、屋台付近の木箱が置いてある場所に行った。

食べてみたい料理を聞かれたので答えると、私をそこに残して団長さんは料理を買いに行った。

何か手馴《てな》れてない？

暫《しばら》く待っていると、数本の焼き串《ぐし》と二つの果実水の入ったカップを持って、団長さんが戻ってきた。

焼き串と果実水を一つずつ受け取ると、私の隣に団長さんも腰掛けた。

「なんだか、屋台で買い物するのに慣れてますね」

「昔ヨハンとよく来てたからな」

「そうなんですか？」

驚いたことに、所長と団長さんは若かりし頃は、市場によく遊びに来ていたらしい。

この国って、貴族でも市場に来るの？

そう思って詳しく聞くと、ちょっと裕福な商家の子弟程度の格好で、お忍びで来ていたとのこと。

なるほどね。

「あ、そういえば、料理いくらでした？」

「気にしなくていい」

「えっ、でも……、ご馳走様《ちそうさま》です」

何だか申し訳ない気持ちで、言葉尻《ことばじり》が小さくなってしまった。

だって、困ったように笑うんだもの。

まぁ今度何かで返せばいいか。

焼き串は塩だけの味付けだったが、いい塩梅《あんばい》で美味《おい》しい。

それなりにボリュームがあったけど、ぺろっと食べてしまったわ。

果実水は一口、口に含むと、ふんわりと果実の匂いがした。

少し喉《のど》が渇いていたので、これまた美味しい。

これで冷たければ最高なんだけど、氷は贅沢品《ぜいたくひん》だからなぁ。

「どうした？」

そんなことを考えながら果実水をじっと見ていたからか、団長さんに怪訝《けげん》な顔をされた。

「いえ、何でもありません」

「そうか？　口に合わなかったんじゃ……」

「違います。ただちょっと、冷たければもっと美味しかったのかなと思って」

「ふむ」

そう言うと、団長さんが私の果実水を手に取った。

どうしたんだろうと見ていると、団長さんが手に持った果実水からふわりと冷気が漂った。

え？　何したの？

その果実水を目の前に差し出されたので受け取ると、なんと中に氷がある。

驚いて団長さんを見ると視線で飲むように促された。

一口含んで思う、やっぱり冷たい方が美味しい。

思わずニンマリと笑うと、団長さんの口元も緩んだ。

「美味しいです」

「そうか、良かった」

「何をされたんですか？」

「魔法だ」

「‼」

冷蔵庫もない、この世界で、氷は冬にできたものを氷室に入れて残しておくか、魔法を使って作り出すしかない。

氷が作り出せる程の魔法を使える者は、ほとんどいなくて、それもあって氷は非常に貴重なのよね。

水属性魔法の上位である氷属性魔法ならば作れると聞いたことがあるけど、そういえば団長さんって使えるんだったわね。

まさか目の前で使うところを見られるとは思わなかったわ。

「とても美味しいです。ありがとうございます」

「喜んでもらえて良かった」

冷えた果実水はとても美味しくて、あっという間に飲みきってしまった。

飲み終わって、お礼を言うと、団長さんも笑った。

こうしてみると、とても無表情の氷の騎士様って呼ばれるようには見えないんだけどね。

いつも笑ってるし、何かキラキラしてるし。

いや、キラキラは関係ないか。

今日はいつもの騎士服じゃなくて、庶民的な服を着ているというのに、オーラが出てて、とても庶民に見えない。

朝会ったときは庶民っぽいって思ったけど、こうして本物の庶民の中に交じると、違いが分かる。

育ちの違いなのかしら？

果実水を飲んでる姿も綺麗《きれい》だしね。

裕福な商家の子弟という設定であれば誤魔化せそうだけど、ただの庶民とは誤魔化せないかな。

うっかり、じっと見つめてしまったせいか、首を傾《かし》げられた。

慌てて首を横に振って、何でもないということを伝えて目を逸らした。

お願いだから、そんな優しい目で見ないでください。

いたたまれない気持ちでいっぱいです。

食べ終わった後は、市場から離れ、通りにあるお店を外から眺めながら散策した。

お店に並んでいる物の方が品質が良い物が多いのだけど、お値段もそれなりなので、中に入るのは少し躊躇《ためら》われる。

そうやって、ずっと見るだけだったのだが、あるお店の前で団長さんが立ち止まった。

「すまない。ちょっと寄ってもいいだろうか？」

「かまいませんよ」

今日はずっと私の見たいものばかり見ていたので、少しくらい問題ない。

団長さんに連れられて入ったお店は、庶民の格好でも入れるけど、少し高級な小物屋さんだった。

店内には女性用、男性用を問わず、色々な小物が飾られている。

団長さんは一人で奥の方に行ってしまったので、私ものんびり一人で店内を見て回る。

近くに並べられていたのは、髪留めや髪紐《ひも》で、髪紐は箱の中に綺麗に七色のグラデーションを描くようにしまわれていた。

元々仕事が忙しくて伸ばしっぱなしだった髪は、この世界に喚《よ》ばれてからも切ることなく、今では背中の中程まで伸びていた。

少々高いけど、この暑さで丁度アップにしたかったし、髪留めでも買って帰ろうかな？

眺めていると、沢山並んでいる髪留めの中に、すごく好みの物を見つけた。

シルバーの金属でできたもので、透かし彫りの何箇所かに青い石がはめ込まれた上品な物だった。

華奢《きゃしゃ》な印象の髪留めは、とても綺麗だったのだけど、その分お値段も素敵で、ちょっと買うのを躊躇《ちゅうちょ》する。

石がはめ込まれてない物なら、もう少し安いかなと思って、探していると、団長さんが戻ってきた。

「待たせたな。何か気に入った物でもあったか？」

「いえ、大丈夫です」

髪留めは気になったけど、ちょっと予算オーバーだし、団長さんを待たせるのも悪いので、今日は諦《あきら》めて、次に来たときにでも探そう。

「それじゃあ、行こうか？」

「はい」

お店を後にする団長さんの後ろについて行く。

少し遅れて外に出ると、当たり前のように手を取られた。

なんだかんだで、ゆっくりしていたら、いい時間になったので、馬車を拾って王宮に戻った。

久しぶりに歩き回ったのと、精神的なもので疲れていたらしい。

がたごとと、馬車がそれなりに揺れていたのに、いつの間にか寝ていたらしい。

誰かに呼ばれる声でゆっくりと目を開けると、馬車は止まっていた。

ぼんやりと隣の団長さんを見上げると、柔らかに微笑んでいる。

「着きました？」

「ああ。疲れていたみたいだな。よく眠ってた」

やだ、もしかして団長さんを枕にしてた？

じっと団長さんを見ると、団長さんの笑みが益々深くなる。

あぁ、これはアレですね。

確実に枕にしてましたよね。

もしかしなくても、寝顔を見られましたよね。

いたたまれない気持ちで赤くなって俯《うつむ》くと、ふっと噴き出す音が聞こえた。

ううう、今日一番ダメージが大きいかもしれない。

そんな私が唸っているのを尻目《しりめ》に、朝と同じように団長さんは先に馬車から降りた。

いつまでも馬車に乗っている訳にも行かず、落ち込みながら馬車を降りると、私が降りるときには手を貸してくれた。

門から研究所まで歩いたが、その間は今日の市場や、お店の感想などを話す。

色々あったけど、今日は楽しかったな。

そうこうしていると、研究所の前に着いたので、団長さんを振り返り、頭を下げる。

「今日は付き合っていただいて、ありがとうございました」

「いや、こちらこそ楽しかった」

氷の騎士様とか呼ばれてるけど、今日一日、団長さんほんと機嫌良かったよね。

ずっとニコニコし通しだったもの。

もちろん今も。

かなり引っ張り回した感があるのだけど、文句一つ言わずに付き合ってくれて。

何げにいい人だよねぇ。

「私もとても楽しかったです。それじゃあ」

「あ、セイ、これを」

部屋に戻ろうとすると、団長さんに引き留められ、片手に載る大きさの箱を差し出された。

何だろう？

見ているままなのもなんなので、とりあえず、それを両手で受け取る。

「これは？」

「良かったら使ってくれ。開けるのは部屋に戻ってからにするように。それじゃ」

「えっ？　ちょっと。ホーク様！」

私が引き留めるのを無視して、颯爽《さっそう》と団長さんは去っていった。

走って追いかければ良かったんだろうけど、今日はもう疲れてしまって、気力がなかった。

仕方がない、部屋に戻って開けてみよう。

問題があるようなら、明日返しに行けばいいよね。

気を取り直して、部屋に戻り、箱を開けた。

中から出てきたのは、小物屋に置いてあった、私が気に入った、あの透かし彫りの髪留めだった。

◆

「昨日はどうだった？」

所長室に入って、開口一番に所長が言ったのは、そんな言葉だった。

甘い端整な顔にニヤリと揶揄《からか》うような笑みを浮かべて。

「楽しかったですよ」

そっけなく返すと、「それは良かった」と返ってくる。

向けられた視線は、何かを聞きたそうにしていたが、それを無視して、所長の机に研究員さん達から集めた書類を置く。

「研究員達からの報告書です」

「ありがとう」

さっさと所長に背を向けると、案の定、声をかけられた。

「どこに行ったんだ？」

「何がですか？」

「だから、昨日さ」

何が「だから」なのか。

所長に向き直り、見ると、やはり顔に揶揄うような笑みを貼り付けている。

詮索《せんさく》されて困るような内容ではないけど、面白がられているのはちょっとむかつく。

だから、こちらもニヤリと笑みを貼り付け対抗する。

「所長は私の父親ですか？」

「何だそれは？」

「だって、休日の外出先を一々聞くなんて、まるで年頃の娘を心配する父親みたいだなって思って」

「おいおい、俺に娘はいないぞ」

所長も私が揶揄っているのが通じたのだろう、先程までとは違い、今は苦笑している。

「街に行きました。それだけですよ」

「ほう」

「そうそう、聞きましたよ。所長は昔はやんちゃだったそうですね？」

「ちょっと待て。何を聞いたんだ？」

「さぁ？」

聞いたのは屋台の買い食いの話だけだが、わざと拡大解釈できるような言い方で聞く。

引き攣《つ》った笑みで詳細を聞いてくるってことは、他にも色々と疚《やま》しいことがあったようだ。

さっき面白がられてむかついた胸がすっとした。

「市場に行って、屋台でご飯を食べて、後は色々と通り沿いのお店を回ったりして、暗くなる前に帰ってきました」

「そうか。それはまた随分と健全だな」

健全？

普通に街に行っただけだから、健全も何もないと思うんだけど。

そう思った私に、所長は爆弾を落としてくれた。

「何にせよ、デートが楽しかったんなら良かったな」

…………。

デート？

落とされた爆弾にぽかんとしていたら、その様子を見た所長が訝《いぶか》しげな顔をした。

「どうした？」

「……デートですか？」

「ん？」

「街に行っただけですけど」

「アルと二人で街に行って、ご飯食べて、店を回ったんだろ？」

「ええ」

「デートじゃないか」

そう言われて、更にぽかんとしたまま所長を見ていたら、追い討ちをかけられた。

「男と女が二人で出かけるのをデートって言うんだろうが」

ちょっと待って欲しい。

デート？

いやいや、デートの定義ってそれで合ってたんだっけ？

思い返しても、父親以外の男性と二人で休日に出かけた記憶はない。

あったとしても、文化祭の買い出しか何かでクラスメート数人で出かけたことがあるくらいか。

え？　何？

もしかして昨日のって私の初デートなの？

そこまで思い至ると、途端に顔が熱くなる。

「いや、でも、街に行くのにホーク様に付き合ってもらっただけですよ？」

「付き合ってもらったって……。アルから誘われて二人で出かけたんだろ？」

「そうですけどっ。でも、ホーク様もお暇だったから誘ってくれただけでしょうしっ」

「暇だろうが何だろうが、好きでもない女を誘ったりはしないだろ」

「えぇっ!?」

「そんなに驚くようなことか？」

「だって、好きって……、好きって……」

答える言葉は段々と尻《しり》すぼみになり、視線は下がる。

だってそうだろう。

団長さんが私のような喪女を好きだなんてありえない。

確かに嫌われてはいないとは思うけど……。

自分の足元を見つめながら、ぐるぐると考えていると、「セイ」と所長の静かな声が聞こえた。

「アルに冷たくされたのか？」

「いえ……、馬車を降りるときとかちゃんとエスコートしてもらえましたし……。でもそれって、この国の貴族の間では当たり前じゃないんですか？」

「まぁ、そうだが」

「ですよね。歩くときは手を引いてもらえましたし、ご飯もご馳走《ちそう》してくれましたし」

「んんっ？」

「帰りはお土産まで買ってもらってしまいましたし」

「土産？」

「はい」

スカートのポケットに入れていた箱を取り出し、所長に渡す。

中身は昨日貰《もら》った髪留めだ。

昨日、団長さんから渡された髪留めは、朝になって改めて見ると、お店に置いてあったのとは填《は》めてある石が異なっていた。

青よりも薄い、ブルーグレーの石が団長さんの瞳《ひとみ》と同じ色に見えて、何となく返してしまうのが躊躇《ためら》われたのよね。

お店に並んでいた物は頑張れば買えないことはない値段だったけど、それなりのお値段で、こんな高い物を貰ってしまってもいいものかとも思う。

結局、返そうか、このまま受け取ろうか悩み、何とはなしにスカートのポケットに箱ごと入れていたのよ。

所長はそれを手にして、箱を開けてまじまじと見ると、驚いた顔をしたが、すぐにその表情を消して、蓋《ふた》をすると、箱を返してくれた。

「セイ、馬車を降りたり、歩くときに女性をエスコートすることは貴族の間ではよくある」

「はい」

「だが、少なくとも、アルがただの土産としてアクセサリーを渡すことはない」

さっきまでの揶揄するような笑みを消し、真面目《まじめ》な顔で所長は言う。

その様子に、団長さんが軽い気持ちで髪留めをくれた訳ではないのだと知る。

手元の箱を見つめ、その事実に顔の熱がまた薄《うっす》らと上がる。

「こんな高い物、貰ってしまってもいいんでしょうか？」

「お前が嫌じゃないなら貰ってやってくれ」

ぽつりと零《こぼ》すと、所長は静かに微笑《ほほえ》みながら、そう返した。

私は何も言わず、ただ首を縦に動かし、頷《うなず》いた。

◆
「ごきげんよう、セイ」

翌日、研究所で借りていた本を返しに図書室に行くと、扉の前でリズと会った。

彼女も丁度今来たところだったようだ。

廊下で彼女とかち合うのは珍しい。

お互い示し合わせている訳でもなく、私は仕事の都合で来ているので、ここに来る時間帯もばらばらだ。

だから、図書室に来ても、リズに会えないこともある。

「あら？　今日は髪型を変えているのね」

「うん。暑いから、上げることにしたの」

「そう。素敵な髪留めね」

「あ、ありがとう」

キィッと音を鳴らしながら扉を開き、リズを先に通す。

リズはさっそくお目当ての本を捜しに行った。

私はというと、持ってきた本を司書の方に渡し、次に借りていく本を探す。

流石《さすが》と言うべきか、会うなりさっそく、リズに髪型を変えたことを指摘された。

ぱっと見で髪留めまでばっちり確認する辺り、リズのおしゃれ力は高いと思われる。

髪留めは団長さんから貰った物で、何となく気恥ずかしく、思わず口ごもってしまった。

「ねぇ、セイ。その髪留めとても素敵ね。良ければ近くで見せてもらってもよろしいかしら？」

「かまわないけど……」

薬草関係の本が置かれている書棚の前で、後ろから声をかけられた。

振り返ると、リズがにっこりと麗しい微笑を浮かべている。

見せるのはかまわないけど、留めてあるのを外すと後が面倒なので、着けたままでも構わないかと問うと、構わないという答えが返ってきた。

立ったままでは見せるのもなんだったので、机のある場所まで移動し、椅子に座ると、リズが後ろに回った。

触れはしないが、かなり近付いて見ているようだ。

「いい細工ね」

「ありがとう」

「填めてある石もいい物を使っているわ」

「そうなの？」

「ええ……。ねぇ、これ誰にプレゼントされたの？」

「え？　何で？」

「そうね。普段使いするには高そうだもの。だから、誰かから贈られたのかしらと思って。違ったかしら？」

「いや、当たってます」

「贈ったのはホーク様辺りとか？」

「な、何で分かるのっ⁉」

「何でって……、これほど分かりやすい物もないと思いますけど」

団長さんから貰ったことを当てられ、驚いて後ろを振り向くと、リズが呆《あき》れた顔をしていた。

え、何それ。

分かりやすいって何で？

それを問うと、リズはふぅっと溜息《ためいき》を吐《つ》いて、私の目の前に細くたおやかな人差し指を立てた。

「一つ、最近あのホーク様に思い人ができたと噂になっていますわ」

「うわっ」

「この思い人というのは、もちろん貴女のことだと私は思っているわ」

まじですか。

そんな噂、私は聞いたことないわよ？

それに、「あの」って何ですか、「あの」って。

リズは次にそっと中指を立てる。

「二つ、その髪留めの石がホーク様の瞳の色とそっくりですわ」

「よく見てるわね……」

「それはもちろん、その石が髪留めにいいアクセントを与えていますもの」

「いや、そっちじゃなくて、ホーク様の瞳の色の方」

「ホーク様の瞳の色は辺境伯家独特のもので有名だからですわ」

「そうなんだ」

「思いついた理由としては、この二つくらいですわね」

「それでも、石の色がホーク様の瞳の色と似ているからって、すぐに結び付けられるもの？」

「ええ、そうですわね。ホーク様がセイに好意を持っているのは有名な話ですし」

「有名なのっ⁉」

「それに、この国では好きな女性に自分が持つ色の物を贈るのは一般的ですのよ」

「自分が持つ色って？」

「髪の色や瞳の色のことですわ。瞳の色の物を贈ることが多いようですけど」

「そうなんだ」

知りませんでした。

ということは、団長さんは私のことを……。

いやいや、待て待て。

これ以上考えるのは無理！

どうしよう、これ、本当に貰ってしまっても良かったんだろうか？

所長、絶対このこと知ってたよね？

何で教えてくれなかったんですかっ⁉

座ったまま頭を抱えていると、クスクスとリズの笑い声が聞こえた。

「セイってば、そんなに真っ赤になるなんて」

「こっ……、こういうこと慣れてないのよっ！」

「あら、そうでしたの？」

あぁ、十歳近く下のリズと恋愛談義をすることになるなんて。

顔を上げると、もの凄《すご》くいた堪れない気持ちを抱えた私を、リズは温かい目で見ていた。

あぁ、ほんといた堪れないっ！

第六幕　魔法付与

「魔法付与？」

「あれ？　気付いてなかったの？」

発端は昼下がりのジュードの一言だった。

どうやら私の髪飾りには魔法が付与されているらしい。

当たり前だけど、魔法が付与された物など日本では見たこともなかったので、当然気付かなかった。

「どんな効果が付いてるか分かるの？」

「それは分からないけど、魔法が付与されてるのは何となく分かるよ。セイの魔力に反応してるし」

「反応？　そんなことも分かるものなの？」

「うん、訓練次第だけどね」

「そうなんだ」

ジュードに詳しく聞いてみると、付与された魔法の内容は『鑑定』という魔法を使わないと分からないらしい。

この鑑定魔法、極端に使える人が少ないらしく、市井《しせい》では大きな商会にしかおらず、宮廷魔道師の中でも数人いるくらいだとか。

ちなみにこの鑑定魔法、魔法のレベルが高ければ、人に対しても使うことができるみたい。

ただ、人に対しては相手の承諾がないと弾かれる場合もあり、特に鑑定される人の方のレベルが高いとほぼ確実に弾かれるそうだ。

そして魔法付与。

武器や防具、アクセサリー等、道具に魔法を付与することができるらしい。

付与する場合は宝石等の核となる物が道具に存在することが前提で、その核に対して魔法を埋め込むと魔法を付与された道具となるそうだ。

もちろん魔法を埋め込んだ核を道具に填め込むのでもいいのだとか。

魔法を付与された道具は人の持つ魔力に反応して効果を発揮するみたいよ。

それ故、魔力感知の訓練をしている人は、道具に魔法が付与されているかどうかが分かるらしい。

ジュードは王立学園に通っていた頃に訓練していたらしく、現在も実家の家業を手伝うために訓練は欠かしていないらしいわ。

真面目《まじめ》よねぇ。

「何だか面白そうね」

「何が？」

「魔法付与」

「え？　まさかとは思うけど、やりたいとか言わないよね？」

「あら、よく分かったわね」

ジュードが微妙に嫌な顔をするので、にっこり微笑んでみた。

何よ、その顔。

魔法付与なんて日本じゃできなかったんだから、やってみたいって思うのは当然じゃない。

「魔法付与ってそう気軽にできるもんじゃないからね」

「そうなの？」

「まず核がそれなりに高価なんだ」

核となる素材は種々あれど、それは宝石だったり、希少な鉱石だったりと、小さくてもそれなりの価格の物が多いそうだ。

また魔法を付与するには魔法が使えることが前提であるため、付与できる人も限られる。

故に、魔法が付与されている物と、されていない物とでは、価格に雲泥の差があるんだって。

うん、雲泥の差があるらしいよ。

そして、この髪飾りには魔法が付与されている。

…………。

…………。

……。

「何騒いでるんだ？」

髪飾りの価値について考え込んでいると、通りかかった所長に声をかけられた。

「魔法付与について話してたんです」

「魔法付与？」

「この髪飾りに魔法が付与されているって聞いて、ちょっと魔法付与に興味が湧いたので」

「ほう」

所長、しれっとしてますけど、髪飾りに魔法付与されてたの気付いてましたよね？

だって、「髪飾りに」って言ったところで僅《わず》かに視線が揺れましたもの。

所長もリズも価格に言及しなかったけど、貴族基準では高くない部類に入るのかしら。

店頭にあった物が付与されている物だったかは分からないけど、雲泥の差って言うくらいだから、付与されていなかったんだろうな。

そう考えると、私の髪飾りの価格がいくらかなんて、考えるだけで恐ろしい。

どうやって、このお礼、返せばいいのか……。

再び頭を抱えそうになっていると、思わぬ所長の提案があった。

「やってみるか？」

「え？」

「魔法付与。興味あるんだろ？」

所長の提案に私も、側《そば》で聞いていたジュードもぽかんとした。

え？　そんなに簡単にできるものなの？

隣のジュードを見ると、意図を汲《く》んでくれたのか、ふるふると首を横に振っている。

「伝《つて》があるんだ。どうする？」

「やります」

せっかくの提案なので、ここは素直に乗ることにした。

興味あったしね。


そうして、所長に連れてこられたのは宮廷魔道師団の隊舎だった。

えっと、魔法の付与をするんですよね？

あ、魔法だからか。

魔道師団というだけあって、周りはローブを着た人が多く、その中にいる所長と私は少し異質だ。

そういえば、このローブ、召喚されたときに周りにいた人たちも着てたわね。

やっぱり、ここにいる人たちが儀式に参加してたんだろうか。

宮廷魔道師団の隊舎は研究所からは結構遠くて、ここまでは所長と一緒に馬車に乗ってきた。

第三騎士団の隊舎より確実に遠いから、歩いてくるのは厳しいなぁ。

ジュードは所長命令によりお留守番だったり。

仕事優先だって言ってたけど、私はいいのかしら？

基準が謎だわ。

「セイ、こっちだ」

「はい」

部屋の入り口に立って室内を見回していると、先に入った所長に手招きされた。

今いる部屋には研究所と同じく作業台があり、所長は部屋の中程にある作業台の前にいた。

その作業台には、所長と台を挟んだ向かい側に、同じくローブを着た魔道師と思われる人が立っていた。

些《いささ》か緊張した面持ちの魔道師さんに、「よろしくお願いします」と頭を下げると、向こうも慌てて頭を下げてきた。

あれ？　何か怖がられてる？

「それでは、付与についてご説明しますね」

少し引き攣《つ》った笑顔で付与について説明してくれる魔道師さん。

何故《なぜ》、引き攣るのかしら？

まぁ、気にしても仕方ないか。

作業台の上、脇によけられていた、仕切られた箱が目の前に置かれる。

中には小さな種々の宝石や鉱石などが種類別に入れられているようだ。

付与を行うには、この小さな核を手に持ち、核に対して付与したい効果を思い浮かべ、魔力を照射するらしい。

付与できる効果は、作業者が持つ属性魔法の種類によって異なるらしく、例えば、火属性魔法が使える人間であれば、火を出す効果が、水属性魔法が使える人間であれば、水を出す効果が付与できるといった感じだ。

攻撃力や防御力を上げる、俗に言う支援系の効果があるものは聖属性魔法が使える必要があるらしい。

また、どんな効果を付与したいかによって、相性の良い素材というものが存在するらしく、魔道師さんが「支援系ならこの辺りがお勧めですね」と教えてくれる。

「どのような効果を付与されますか?」

「そうですね……」

何にしようか?

支援系、支援系……。

「属性魔法の無効化って可能ですか?」

「魔法の無効化ですか……」

考えていて、ふと思い出したのは西の森に出たというサラマンダー。

火を噴く蜥蜴《とかげ》らしいけど、この火を防ぐようなものはできないだろうかと考えた。

魔道師さんは少し考えた後、「無効化はできないかもしれませんが、軽減は可能だと思います」と言った。

そっか。

じゃあ、軽減する方向で考えてみようかな。

「じゃあ、それで」

「では、この辺りの石がいいかもしれませんね」

魔道師さんから核となる素材を受け取り、両手で包む。

包むといっても、素材自体が直径三ミリ程度の大きさなので、手と手を合わせると全く見えなくなる。

その状態で付与したい効果をイメージし、魔力を照射する。

どうせなら、火属性だけと言わず、全魔法軽減くらいでもいいかな。

そうすると、魔法抵抗を上げればいいのかしら？

うん、何となくできそう。

そうして、それをイメージしながら核に魔力を照射した。

パシッ。

…………。

わ、割れた⁉

うん、割れてる。

割れてるね。

掌《てのひら》に走った衝撃に、恐る恐る、合わせた掌の中をそーっと覗《のぞ》き見ると、感じた通り、そこには二つに割れた素材が鎮座していた。

どうしようかと悩んでいると、魔道師さんに「どうされましたか？」と聞かれる。

「えーっと、割れちゃったみたいなんですけど」

黙っていても仕方がないので、これまた恐る恐る事実を告げ、割れた素材を見せると「えっ⁉」と驚いた顔をされる。

その声に、周りにいた魔道師さん達も一斉にこっちを見る。

えっ、何それ、怖い。

こっち見んな。

所長を含め、周りが固まる中、私の掌を見て「割れてますね」と呆然《ぼうぜん》と呟《つぶや》く魔道師さん。

そして、呟いたまま、同じく固まる魔道師さん。

いや、誰でもいいから、この状態をどうにかして欲しい。

「付与しようとしたのは、属性魔法の軽減だったか？」

そこへ、後ろからかけられた天の声に振り向くと、さらさらとした銀の髪に、どこかで見たことがあるようなブルーグレーの瞳《ひとみ》のインテリ眼鏡様がいた。

思わず「様」を付けてしまったのは、彼が纏《まと》うクールな雰囲気と、今まさに状況を動かしてくれた天の声のせいだろう。

インテリ眼鏡様は私の視線など軽く無視し、掌の上の素材をつまむと、しげしげとそれを眺めた。

「本当に属性魔法の軽減だけか？」

「あ、いえ……」

ちらりとこちらに寄越された無温の視線に、自然と背筋が伸びる。

気分は先生と生徒だ。

「何を付与しようとした？」

「あの、えっと……、魔法抵抗を上げれば属性関係なくいけるかなって思いまして、それを……」

「それだと、この素材では力不足だな」

そう言うと、インテリ眼鏡様は机の上に置かれた素材箱から別の素材を選んだ。

選んだのは直径五～六ミリくらいの大きさの黒い石だった。

さっきの倍くらいあるけど、こんな大きさの素材使ってもいいの？

この大きさは流石《さすが》にお値段も素敵なんじゃない？

思わず魔道師さんを見ると、彼も驚いていた。

ついでに所長も。

「いいんですか？」

素材とインテリ眼鏡様の顔を見比べながら問うと、頷《うなず》かれ、目の前に素材が差し出された。

それを受け取り、先程と同じように両手で包んで、魔法抵抗が上がるように祈りながら、魔力を照射する。

素材が一瞬、仄《ほの》かに熱を帯びるが、それはすぐに収まる。

上手《うま》くいったのだろうか？

恐る恐る、合わせていた掌を開くと、今度は割れずに、先程のままの素材がそこにあった。

あまりにも代わり映えがないため、本当に成功したのか疑わしい。

じっと素材を見ていると、インテリ眼鏡様が、やはり先程と同じように、掌の上の素材をつまみ上げた。

「『鑑定』」

彼が静かに唱えた魔法は使える人が少ないと言われている鑑定魔法。

ここ、宮廷魔道師団にも数人、使える人がいるとは聞いていたけど、インテリ眼鏡様もそのお一人なんですね。

流石です。

じっと見ていると、天の声から後、能面のように無表情だったインテリ眼鏡様の口角がほんの少し持ち上がる。

微《かす》かな笑みはすぐに消えてしまい、元の能面に戻った後、「成功だ」と言った。

それを聞いて、周りの魔道師さんたちのおーっという歓声が広がった。

良かった、今度は成功してた。

ほっとしている私の目の前に、すっと別の素材が差し出される。

その手を辿《たど》ると、やっぱりインテリ眼鏡様で、何だろうと首を傾《かし》げると、「次は……」と口を開いた。

え、次があるんですか？

とりあえず受け取った素材は、最初に使った素材と同じくらいの大きさだった。

「毒軽減の効果」

「はい」

有無を言わせない声に、思わず素直に頷いてしまった。

今回はちゃんと言われた通りの効果を、そのまま付与する。

インテリ眼鏡様の見立ては正しく、こちらも割れることなく付与が終わった。

付与が終わり、掌を開くと、インテリ眼鏡様が出来上がった核をつまみ上げ鑑定魔法をかける。

無事に言われた通りの効果が付与されていたのだろう、満足げに頷くと、次の素材を目の前に差し出してくる。

それを私が受け取ると、付与する効果が端的に述べられる。

大人しく言われた通りの効果を付与すると、それに気を良くされたのか、インテリ眼鏡様は同様に次々に素材を渡してくる。

そして私も、端的に述べられる効果を次々と素材に付与していく。

彼は魔法付与された核に鑑定魔法をかけ、そのどれもに正しく効果が付与されているのを確認する。

ずっとこのルーチンワーク。

いや、魔法を付与するのはたいした手間じゃないけどさ。

こんなに沢山作ってどうするんだろう？

指示も、最初は毒軽減や属性魔法軽減等、軽減系だったものが、いつの間にか毒無効や麻痺《まひ》無効等の無効系のものが交じりだし、終《しま》いには軽減系のみとは言え、二つの効果を付けろとか言い出す始末。

途中、付与に使うＭＰが流石に足りなくなったんだけど、気付いたらさりげなく中級ＭＰポーションが目の前に置かれてた。

どうやら一連の行動を見守ってくれていた魔道師さんが差し出してくれたみたい。

五本ほど……。

結構いい量なんだけど、全部飲んだよ。

休憩がてら。

まぁ、ポーションって何故《なぜ》かお腹《なか》に溜《た》まらないから、何本でも気にせず飲めるんだけどね。

それでもいい量だったわ。

ええ。

飲んでる最中に、隣で素材持って待ってる人がいましたからね。

一気飲みよ、一気飲み。

「これ、いつまで続ければいいんですか？」

何個目かの付与が終わり、そろそろ研究所に戻ろうかなと思ったところでインテリ眼鏡様に声をかけた。

ベルトコンベアの如く運ばれた魔法付与済みの核達は、彼の目の前に綺麗《きれい》に並んでいる。

その数を見て、ふむと頷かれたインテリ眼鏡様は移動し、壁際にある鍵《かぎ》付きの棚の中から一際大きな素材を持ってきた。

大きさが一センチ超えの透明な石。

ダイヤモンドじゃないよね？

差し出された素材の大きさに、周りの魔道師さん達の中にも、ごくりと喉《のど》を鳴らす人がちらほら。

所長、口開いてますよ？

「これで最後だ。状態異常無効、魔法攻撃無効、物理攻撃無効」

え、三つ？

しかも全部無効系？

言われた私も驚いたけど、周りの魔道師さん達も皆驚いている。

そんなに大きく目を見開いたら、目の玉落ちますよ？　と言いたい。

とりあえず、言われた通りできるか考えるけど、魔法攻撃無効と物理攻撃無効が両立できそうにない。

うーん、魔法抵抗上昇と物理防御上昇なら三ついっぺんにいけそうなんだけどな。

「魔法攻撃無効と物理攻撃無効の両立はできそうにありません。魔法抵抗上昇と物理防御上昇だったらいけそうですけど」

「そうか。ではそちらで」

提案した内容でいいって言われたので、状態異常無効、魔法抵抗上昇、物理防御上昇で魔法を付与する。

掌に感じる熱が今までより高く、時間も長く掛かったけど、付与することはできたみたい。

出来上がった核をインテリ眼鏡様に渡すと、彼はそれに鑑定魔法をかけ、魔法付与がされていることを確認した。

口角がほんの少し上がったことから、ちゃんと言われた通りの効果は付与されていたみたい。

途端に、固唾《かたず》を呑《の》んで見守っていた魔道師さん達がざわざわと騒ぎ出す。

ほっと一息つくと、「お疲れ様」と所長に声をかけられた。

うん、なんか微妙な緊張感があって、いつもよりちょっと疲れたわ。

早く研究所に戻ってお茶の一杯でも飲みたいかな。

「今日の駄賃だ」

所長と二人、ざわめく宮廷魔道師団の隊舎を後にしようとすると、インテリ眼鏡様から黒い石が差し出された。

最初に作った魔法抵抗が上がる石だ。

駄賃って……、これも買ったらそれなりのお値段するんですよね？

いいのかしら？

「よろしいのですか？」

「構わん。それくらいの働きはしてもらった」

「そうですか」

いいと言われたので、ありがたく受け取る。

掌の石がキラリと光った気がした。

◆

宮廷魔道師団で魔法付与を行ってから一週間後。

研究員さんから所長に呼ばれていると聞いて所長室に行くと思わぬ人がいた。

インテリ眼鏡様だ。

「……失礼します」

「セイも座ってくれ」

所長に促されて隣に座ると、呼ばれた理由を教えてくれた。

先日、宮廷魔道師団が魔法付与の核を大量に入手した話がどこかから漏れ、その話を聞いた騎士団から騎士団にも核を融通するよう依頼されたらしい。

依頼されたのは、もちろん魔法付与済みの核ね。

そこに問題があって、騎士団から欲しいと言われた物は、宮廷魔道師団に今いる魔道師さんでは作れない内容の物が交じっていたらしい。

作れないならそう言って断ればいいんじゃないかと思ったのだけど、実物が宮廷魔道師団にあるため、断りきれなかったんだとか。

うん、宮廷魔道師団にある核を作ったのは私。

一週間前に作った沢山の核の内の一つだったのよね。

インテリ眼鏡様は最初断ったらしいんだけどね。

何故か騎士団の方は実物が宮廷魔道師団にあるのを知っていたらしくて、作れないという話を信じてくれなかったらしい。

この国にいる魔法が使える人の中で最も優秀な人達が集まっているのが宮廷魔道師団だから、外部から購入した物だと言う訳にもいかないらしいのよね。

宮廷魔道師団が作れない物を、普通の商店にいる人間が作れる訳ないだろうって話で。

それで、二進《にっち》も三進《さっち》もいかなくなったインテリ眼鏡様は、こうして作製者である私に手伝ってもらえないかと研究所にお願いに来たんだそうだ。

「本来、貴女にお願いすることではないとは分かっているのだが、協力していただけないだろうか」

「私は構いませんが……」

元々、宮廷魔道師団で魔法付与を行ったのも私が希望したからで、そのせいで起こったことだから協力するのは吝《やぶさ》かではないのだけど、研究所に所属している身としては業務外の内容なので所長の許可が必要だと思うのよね。

あ、もしかして、研究所の仕事が終わった後にやれって言われるかしら？

ちらりと所長を見ると、それに気付いたインテリ眼鏡様も所長を見た。

所長は珍しく眉間《みけん》に皺《しわ》を寄せて、少し考え込んでいたのだけど、溜息《ためいき》を吐《つ》いてから頷《うなず》いた。

「今回だけだ。もちろん対価はもらうぞ」

「すまない」

インテリ眼鏡様は相変わらずの無表情だったのだけど、宮廷魔道師団で会ったときとは異なり、伏し目がちに話すのを見て、本当に申し訳なく思ってるんだなと思った。

その後の所長とインテリ眼鏡様の話し合いで、翌日から暫《しばら》く宮廷魔道師団で私は働くことになった。


翌朝、準備を済ませて外に出ると、宮廷魔道師団から迎えの馬車が来ていた。

所長の話では、インテリ眼鏡様が用意してくれたらしい。

これから作業が終わる日まで、毎日送り迎えしてくれるみたい。

宮廷魔道師団までは遠いので、これは助かる。

馬車に揺られて宮廷魔道師団まで移動すると、インテリ眼鏡様が態々《わざわざ》入り口までお迎えに出てくれていた。

「おはようございます」

「随分と大荷物だな」

挨拶《あいさつ》もそこそこに開口一番、私が両手に抱えた箱を見て、訝《いぶか》しげな顔で指摘された。

「MPポーションです。あった方がいいですよね?」

私がそう言うと納得してくれたみたいで、インテリ眼鏡様は一つ頷くと、箱を持とうとした。

「あ、自分で持てますよ?」

「女が重い物を持つ必要はない」

あまり重くはなかったのだけど、私から箱を奪うと、さっさと中に入っていってしまった。

その後を少し小走りで追いかける。

そうして、この間魔法付与を行ったのと同じ部屋に入ると、中では魔道師さん達が既に魔法付与を行っている最中だった。

「あれ？　宮廷魔道師団って始業時間が研究所より早いんですか？」

「そんなことはない」

研究所の始業時間より少し前に宮廷魔道師団の隊舎に着くように移動したつもりだったのだけど、着いてみたら既に魔道師さん達が働いていていて少し焦った。

インテリ眼鏡様の話では、いつもは宮廷魔道師団も研究所と同じ始業時間らしいのだけど、騎士団から依頼された量が多いので、皆朝早くから出勤して作業しているのだそうだ。

明日からは私も早く出勤した方がいいか聞いてみたのだけど、こちらがお願いしている立場だから、今日と同じ時間でいいと言ってくれた。

「納期が短いんですか？」

「次の討伐に間に合わせてくれと言われてな」

ふと気になったので聞いてみたら、頼まれた量に比べて、納期が短かったらしい。

そう説明してくれたインテリ眼鏡様のこめかみに薄《うっす》ら青筋が立っていたのは、怖かったので見なかったことにした。

私の作業する場所は部屋の一番奥だった。

準備は他の魔道師さんが既に整えてくれていたようで、核の素材は作業机の上に揃《そろ》っていた。

運んでもらったMPポーションの箱を足元に置いて、早速魔法付与を開始する。

最初のうちは様子見で、インテリ眼鏡様も私の隣に立っていた。

「依頼してきた騎士団って第三騎士団ですか？」

「いや……、第一騎士団だ」

私が魔法付与する必要があるのは一種類だけだったので、最初の数回を付与し終わると、後は慣れたもので、話しながら付与しても問題なかった。

仕事だから黙々と作業しろってのもあるとは思うのだけど、隣に人が立っている状況だとちょっと気まずくて、ちょうど気になっていたことがあったので聞いてみたのよね。

昨日、インテリ眼鏡様も所長も騎士団としか言わなかったから、どこからの依頼か少し気になってたのよ。

関わりのない騎士団だったので、ちらりとインテリ眼鏡様を横目で見ると、苦虫《にがむし》を噛《か》み潰《つぶ》したような顔をしていた。

仲が悪い騎士団なのだろうか？

「すまない。緘口令《かんこうれい》を敷いていたのだが、どこかから漏れたようだ」

地を這《は》うような低い声で呟《つぶや》かれ、背筋がひやりとした。

それは私だけじゃなかったみたいで、周りで作業をしている魔道師さん達も皆一様に顔色が悪い。

微妙に気温も下がった気がするのだけど、気のせいだろうか。

「いえ、うちの研究所の人から漏れたのかもしれません。私がこちらで魔法付与を行ったのを知ってる研究員もいたので」

「魔法付与の内容もか?」

「あ、それはないですね……」

冷えた空気を変えようとしてみたのだけど、逆効果だった。

魔法付与の話をしていたときにジュードもいたから、そう言ったのだけど、どんな付与をしたかという詳細な話は所長から口止めされたから、私と所長しか知らないのよね。

そうなると、私しか付与できない物を騎士団の人が依頼してきたことから、この間ここにいた魔道師さん達の誰かが漏らした可能性が高いという話になる。

昨日、インテリ眼鏡様が研究所に来たときに、所長が渋い顔をしていたのは、そういうことが分かっていたからかもしれない。

更に空気が冷えてしまったので、これ以上はもう何も話さない方がいいのかもしれないと思い、黙々と作業に集中することにした。

暫くして、私が一人で作業しても問題ないと思ったのか、インテリ眼鏡様が席を外した。

途端に周りの空気が弛緩《しかん》する。

けれども、割り当てられた量が結構な量だったので、他の人と雑談もせず、次から次へと、黙々と作業を進めているると、いつの間にかお昼になっていた。

集中していたせいか、お昼の鐘が鳴ったのにも気付かなくて、インテリ眼鏡様に声をかけられて漸《ようや》くお昼になっているのに気付いたくらいだったわ。

「食堂には行かないのか？」

「え？」

声をかけられて周りを見回すと、他の人達は皆王宮の食堂に移動した後だった。

「もうお昼ですか？」

「あぁ」

集中すると周りの音が聞こえなくなるのは私の悪い癖ね。

私は研究所からサンドイッチを持ってきているというと、インテリ眼鏡様も隊舎で食べると言うので、お昼をご一緒することになった。

前回の魔法付与のときには、インテリ眼鏡様は必要最低限しか話さなかったので、気まずいお昼になるかなと心配していたのだけど、気を遣《つか》ってくれたのか今回は少し雑談してくれた。

幸いにもインテリ眼鏡様から振られた話はお互いの仕事内容に関するものだったので、話は弾んだ方だと思う。

これが流行の洋服やらお菓子やらの話だったら、私にはさっぱり付いていけなかったと思うわ。

ごめんなさい、女性らしくなくて。

そうして、無難にお昼の時間が終わると、再び作業に戻る。

合間合間にMPポーション休憩を挟みつつ、終業時間まで作業すると、依頼されていた数の八割方を終わらせることができた。

これなら明日で終わらせられそうね。

ほっと一息ついているとインテリ眼鏡様が様子を見にやってきた。

「もうここまで終わらせたのか」

「はい」

私の付与した量を見て、少し目を見開いて驚くと、出来上がった物の中からいくつかを手に取り、鑑定魔法をかけていった。

ちゃんと付与できているのか確認するのは大事よね。

ランダムに抽出された物は全て問題がなかったようで、本日の私の業務は終了した。

「よくできている。明日もまた頼む」

改心の出来だったのか、口元のみならず目元まで和らげて労《ねぎら》ってくれ、いつもの無表情とのギャップに驚いた。

周りにも相当な衝撃を与えたのか、一瞬どよめきが起こったわ。

どよめきを受けてすぐに微笑《ほほえ》みが引っ込められちゃったのは、ちょっと残念だったかな。

そして翌日も魔法付与を行い、宮廷魔道師団は第一騎士団に依頼された核を無事に納めることができた。

◆

所長室の扉をノックする。

すぐに中から返事があったので、「失礼します」と挨拶をしてから中に入ると、所長は机で書類を読んでいた。

「すみません、ご相談があるんですけど、今お時間大丈夫ですか？」

「構わないが、何だ？」

所長は書類から目を離し、こちらを向いてくれた。

相談というのは、ちょっと欲しい物があり、それを取り寄せてもらえないかという話だ。

「こちらなんですけど、取り寄せることって可能でしょうか？」

そう言いながら、所長にメモを渡す。

その内容を読んだ所長は怪訝《けげん》な顔した。

それはそうよね。

だって仕事には関係なさそうな物ばかりだもの。

「砂糖に蜂蜜《はちみつ》、あとレモンか、一体何に使うんだ？」

「お菓子を作ろうかと思いまして」

「菓子？」

そう、メモに書かれているのはお菓子の材料。

正直、こちらの世界に材料があるか心配だったけど、ジュードに確認したらちゃんとあったので、久しぶりに作ろうかと思ったの。

学生だった頃は実家でしょっちゅう作ってたのよね。

社会人になってからは、まったく作らなくなったのだけど。

「個人的に作ろうと思ってるので、費用はちゃんと出すつもりなんですけど、食堂用の食材と一緒に購入できないかなと思いまして」

「個人？　お前だけで食べるのか？」

今回作る予定の物は個人用のものなので、費用はちゃんと出すつもりだったのだけど、所長が引っかかったのはそこではなかったらしい。

いや、自分だけで食べる予定ではないんですけどね。

所長も食べたいんですか？

そうですか。

じゃあ、食堂の料理人さんにも手伝ってもらって、研究員さん達の分も作りましょうか。

「そうなると、材料がそのメモに書いてある分だけだと足りないですね」

「なら、必要な物を食堂用の食材の発注書に追加して持ってこい」

「いいんですか？　蜂蜜や砂糖なんかは高かったと思いますけど」

「費用なら大丈夫だ」

「私は自分の分しか出しませんよ？」

「誰がお前に払ってもらうと言った」

「まさか、研究費から……」

「そんなことある訳ないだろう」

所長は呆《あき》れたように溜息《ためいき》を吐《つ》く。

だって、蜂蜜や砂糖という甘味はこの世界では貴重な物でお値段も素敵だってジュードは言ってましたよ。

そんな高級食材を、研究員さん達の分までとなると、それなりのお値段になると思うのよね。

食堂で使える食材の予算ってのもあるだろうから、そっちに含めるのも無理だろうし、そうなると研究費からって考えてもおかしくないと思うんだけど。

はっ！

もしや所長の私財から？

「まぁ、そこは気にするな」

材料購入費の出所を悩んでいた私の考えを見透かしたように、所長は苦笑すると、もう行けとでもいうように、手をひらひらと振った。

数日後、所長に頼んでいた材料は無事に届いた。

休日に朝から厨房《ちゆうぼう》の片隅に陣取り、大量の材料を処理していく。

もちろん研究員さん達の分まで一人で作るのは大変だったので、料理人さんと一緒に作った。

以前、お菓子作りの話をしたときに、お菓子のレシピも是非教えてくださいと言われていたので丁度良かったかも。

そうそう、食堂の料理人さんだけど、最初は一人だったのが、今では五人に増えた。

五人全員がいつもいる感じじゃなくて、三人ずつローテーションが組まれているみたい。

研究所の食堂が美味《おい》しいっていう噂が王宮の方にまで広がったらしくて、王宮の食堂から技術指導を受けるために派遣されてきたのよ。

それもあって、朝から料理人さんと一緒にお菓子作りに精を出せたのよね。

作ったのは簡単なクッキーと、蜂蜜とレモンのパウンドケーキ。

レシピはうろ覚えだったけど、ちゃんと合ってたみたい。

よかった、よかった。

オーブンから取り出したパウンドケーキは、いい感じに焼けていた。

丁度昼食の用意をしていた他の料理人さん達も一緒に試食したけど、好感触だったわ。

オーブンからいい匂いが漂ってきてからというもの、昼食の準備をしていた料理人さん達ったらチラチラとこちらを様子見してたのよね。

気になるようだったから、試食にお誘いしたという訳。

試食の感触もばっちりだったので、残りを冷まして、小分けにし、バスケットに放り込んだら準備完了。

所長や研究員さん達へ配るのは料理人さん達に任せて、私は目的の第三騎士団隊舎までレッツ・ゴー！

うん、テンション高いって？

高くしてないと、向かえなかったからよ。

今日、第三騎士団隊舎に来たのは、とある用事のため。

団長さんに髪留めのお礼を渡そうと思ったのよ。

この前、ジュードに教えてもらってから、ずっと悩んでたんだけど、やっぱり貰《もら》い過ぎだと思うのよね。

いくら相手が私にこ、好意を持っていたとしてもね。

そんなところに丁度良く、この間の魔法付与で核が貰えたので、それを使ってプレゼント用にアクセサリーを作った。

色々悩んだけど、作ったのはネックレス。

指輪は剣を握るのに邪魔かなと思ったし、イヤリングやピアスは着けてなかった気がするし、ネックレスなら邪魔にならないかなと思って。

形はこの世界で一般的かどうかは分からないけど、男性が着けてもおかしくないよう、ドッグタグにした。

真ん中に十字架クロス形に彫りを入れ、その真ん中に核を埋め込んだ。

我ながら無難なデザインだと思うわ。

流石《さすが》にアクセサリーは自分では作れなかったので外注した。

お店は所長に紹介してもらったわ。

物凄《ものすご》くニヤニヤされたけどさっ。

それで、ネックレスだけを持って行くのが何となく恥ずかしかったので、クッキーとパウンドケーキも追加した。

バスケットごと渡してしまえば、いいかなと思って。

そして、到着したのは団長さんの執務室。

入り口に立っている騎士さんに、不審者に間違われることなく、にこやかに微笑まれてスムーズに取り次いでもらえたわ。

声をかける間もなく取り次がれるってどういうことなのかしら？

研究所から早馬で先触れを出した記憶もないのだけど。

きっとあれね、いつもの団長さんとの乗馬がいけないのよね。

噂の元になってて、あまり良くないと分かっているけど、断るに断れなくて、未だに誘われたら乗ってしまうからね。

うぅ……。

「失礼します」

入り口で心の準備をする間もなく、騎士さんに扉を開かれて中に入ると、いつも通り執務机で団長さんが書類仕事をしていた。

騎士団といっても、討伐や訓練ばかりじゃなくて、上の人達は沢山の書類仕事もしないといけないみたいね。

「今日はどうした？」

「ちょっとお菓子を作ったのでお裾分《すそわ》けに来ました」

予め用意していた言葉を言うと、途端に団長さんの表情が甘くなる。

うん、ごめん、直視できない。

何でかって？

聞かないでちょうだいっ！

持ってきたバスケットを団長さんに渡すと、団長さんは中が見えないようバスケットの上にかけていたクロスを取り除き、中を見た。

ぱっと見は小分けにされたクッキーとパウンドケーキしか入っていないように見える。

実は隅の方にネックレスが入った箱が突っ込んであるんだけど、それはクッキーに埋もれさせて見えなくしてある。

「美味しそうだ。早速いただこう」

中のクッキーとパウンドケーキを確認した団長さんはバスケットを持って立ち上がる。

丁度仕事の合間だったのかな？

お邪魔をしてしまったのでなければいいんだけど。

さて、バスケットも無事渡せたし、私は帰るとしましょうか。

そう思って、退出の挨拶《あいさつ》をしようとすると、それに被せるように「良ければお茶を飲んでいかないか？」というお言葉をいただいた。

いえ、その、中のネックレスに気付かれる前に帰りたいんですけど……。

…………。

いい笑顔の団長さんの期待の眼差しには勝てませんでした……。

諦《あきら》めて、勧められるまま応接用のソファーに座る。

…………。

あの、何で隣に座るんですか？

向かいにもソファーありますよね？

三人掛けのソファーに座ったのが不味《まず》かったのか、団長さんが隣に座った。

距離の近さに戸惑うが、いたたまれない感じが前より緩和されてるのは、やはり乗馬での距離感に慣れたせいかしら？

慣れって怖い。

何ていうか、最近どんどん逃げ場がなくなってる気がするわ。

暫《しばら》くするとお茶が運ばれてきて、ふわりと紅茶の香りが漂う。

入り口で取り次いでくれた騎士さんが気を利かせて侍女さんに頼んでくれていたみたいね。

目の前に置かれた琥珀色《こはくいろ》の液体は、こちらに来てからは中々飲めない高級品だ。

一口飲むと、渋みが程良く、とても飲みやすかった。

さすが王宮の紅茶。

いい茶葉を使ってるわね。

何故《なぜ》か侍女さんが取り分け用のお皿も持ってきてくれたので、バスケットの中からクッキーとパウンドケーキを取り出して団長さんに渡した。

入り口の騎士さん、私がお菓子を持ってきたことに気付いていたのだろうか？

あぁ、匂いで気付いたのかな。

「甘い物はあまり得意ではないが、これは美味《うま》いな」

「ありがとうございます」

団長さんは甘さ控えめのクッキーをことのほか気に入ってくれたらしく、一口食べると口元を綻《ほころ》ばせてくれた。

やっぱり、こうして喜んでもらえると嬉《うれ》しいよね。

それを見て、釣られて私も微笑《ほほえ》むと、こちらを見た団長さんの笑みも深くなった。

イケメンの微笑みの攻撃力は高い。

ちょっとだけ顔が熱くなるのを感じた。

いかんいかん、直視はまずい。

「ところで、先程から気になっていたのだが……」

一通り食べ終えて、紅茶を飲んでいたところ、団長さんがバスケットの中からネックレスの箱を取り出した。

思わず咽《む》せたが、紅茶を噴き出さなかった私を誰か褒めて欲しい。

ちょっ、隠してたのに何で気付くのっ⁉

「魔法付与された物のようだが、これは？」

「えーっと……」

視線を彷徨《さまよ》わせて、どう説明しようか考える。

う――――。

駄目だ、思いつかない。

ちらりと団長さんを見ると、どこか嬉しそうな期待した眼差しでこちらを見ていた。

「それも差し上げます。髪留めのお礼です」

考えても埒《らち》が明かなかったので、正直に答えた。

伝えたとたん、団長さんの笑みが更に濃くなり、「開けてもいいか？」と聞かれたので頷《うなず》く。

「この間、宮廷魔道師団に行ったときに魔法付与を行ったんです。そのときにその核を作ったんですけど……」

黙って団長さんが箱を開けるのを待っているのが辛《つら》かったので、核を自分が作ったことを話した。

団長さんはというと箱を開けて中を見た途端に、目を瞠《みは》った。

「核には魔法抵抗が上がる効果が付与されてます。討伐のときにでも使っていただければと思って」

説明しながら、顔に熱が集まるのが分かる。

恥ずかしくて、団長さんから視線を外し、明後日《あさって》の方向を見ていたせいで気付くのが遅れた。

右手に触れられる感触を感じて視線を戻すと、団長さんがその手を持ち上げるところだった。

殊更にゆっくりとした動作でもないのに、スローモーションのように感じた。

団長さんの伏せられた睫毛《まつげ》を見て、長いなぁとか暢気《のんき》に思ってたのは、間違いなく現実逃避。

その後に感じた、持ち上げられた指先に感じる柔らかい感触。

私の指先から唇を離した団長さんの熱っぽい視線。

覚えているのはそこまで。

その後、どうやって研究所まで帰ったのか、あまり記憶にない。

舞台裏

「こちらでございます」

王宮の奥深く、国王の執務室で、宮廷魔道師団、副師団長であるエアハルト・ホークは国王の目の前に黒いビロードが張られたトレーを差し出した。

トレーに置かれているのは、一センチを超える大きさのダイヤモンド。

過日、セイが状態異常無効、魔法抵抗上昇、物理防御上昇の効果を付与したものだ。

目の前に置かれた魔法付与された核に、国王の隣に立つ、いつもは感情を表に出さない宰相の喉《のど》がごくりと鳴る。

権謀術数に長《た》ける宰相が、己の本心をうっかり表に出してしまったのも無理はない。

セイが作り出した核は、本来であれば古代の遺跡の奥深くからの出土か、魔物の討伐によってでしか手に入らない代物である。

魔物の討伐では、魔物を倒した後に稀《まれ》に魔法付与がされた道具が魔物から出てくることがあり、魔物の強さに比例して良い物が出てくる。

そして、セイの作った核と同様の効果を持つ物だと、一匹の討伐に全騎士団が必要となるレベルの魔物からでないと出てこない。

正に、伝説級の代物である。

実際、似たような効果のある物は数点、国宝にもなっている。

もちろん、この数十年で集められた物ではなく、数百年という年月をかけて集められた物であり、それだけの年月をかけても数点しか見つからなかった代物でもある。

国王と宰相の目の前に置かれた核は、そのような代物で、宝物庫に厳重に保管されている物以外で目にするのは、お互い初めてであった。

「なるほど。お前達が人払いを申し出たのも頷ける」

暫《しば》しの沈黙の後、国王は溜息《ためいき》と共に吐き出した。

エアハルトと、薬用植物研究所の所長であるヨハンから内密に報告したいことがあるという連絡を受け、用意された場には、当事者のエアハルトとヨハン以外には国王と宰相しかいない。

既に宮廷魔道師団で大っぴらに魔法付与を行った後であるため、緘口令《かんこうれい》を敷いたとはいえ、魔道師達から話が漏れるという可能性は否定できないが、それでもしないよりはマシだということで人払いがされていた。

二人から伝えられた内容は、セイが伝説級の魔法付与道具を作り出すことができるという、人払いをしたのも頷ける内容であり、国を纏める二人が呆然《ぼうぜん》とするのも仕方のない話であった。

伝説級という言葉通り、セイが作り出した核は軍事的に非常に有用で、もし売るとするならば天文学的な価格が付いてもおかしくなく、これらの道具を生み出す彼女は正しく金の卵を産むガチョウであった。

この話が公になった場合、セイを狙って暗躍する輩《やから》が出るのは間違いないだろう。

今回、セイが魔法に関して興味を示したということで、ヨハンから連絡を受けたエアハルトは、この機会に彼女の魔法に関する能力を調べることを国王に奏上した。

人物のステータスが鑑定できる唯一の人間、宮廷魔道師団の師団長が【聖女召喚の儀】以降、眠ったままであるため、儀式で召喚されたセイとアイラについて、【聖女】であるかどうかは未だ分かっていない。

しかし、既に儀式から半年以上が経ち、師団長の目覚めがいつになるか分からないということもあり、少しでもセイ達の能力を調べようという話が大臣達の間でも上がっていた。

アイラについては王立学園に通っていることもあり、授業に紛れさせて、彼女の持つ能力について多面的に調査が行われていた。

一方、セイについては薬用植物研究所に籍を置き、一般の研究員達と同じような作業を行っているため、その能力についての調査は遅々として進んでいなかった。

そんな中、召喚直後の件もあり、セイに対して強く出られない王宮側としては、今回の彼女の自発的な申し出は渡りに船であった。

国王はエアハルトの奏上を受け入れ、数日後に宮廷魔道師団で魔法付与を行う際に、セイの魔法に関する能力を調べることとなった。

今回の調査で、セイの驚くべき能力が明らかとなった。

宮廷魔道師団では、その日どのようにセイの調査を行うか、事前にある程度の計画が立てられていた。

魔法付与では効果に応じて、必要となる作業者の魔法スキルの属性、レベル、また照射する魔力の量が異なり、高い効果を付与しようとした場合は、必要となる魔法スキルのレベルと魔力も比例して高くなる。

効果と、必要となる魔法スキルのレベルや魔力の量との関係については、今まで積み上げられた実績から、ある程度は明らかになっている。

それを利用して、セイの保持する魔法スキルの属性を調べ、段階的に付与する効果の難易度を上げていくことで、彼女が持つ魔法スキルのレベルがどの程度のものかを測ろうとした。

可能であれば、魔力切れまで付与を行ってもらい、その後に使用するMPポーションの量からMP最大値の計測までを行おうとしていた。

もちろん、セイは【聖女召喚の儀】で召喚されたことから、聖属性魔法のスキルを保持している可能性が高かったため、最初は聖属性魔法を前提とする支援系の付与を行うよう誘導することとなった。

途中、予想外のハプニングにより、セイへの対応をエアハルトが行うこととなったが、計画は予定通り進めることができた。

魔法付与の効果は、軽減、抵抗、無効化の順で難易度が高くなる。

魔法スキルのレベルは一般的には10レベルが最高とされているが、そこに至った者は歴史上でも一人か二人、宮廷魔道師団に籍を置く者でも3レベルの者が多かった。

軽減の効果は最低聖属性魔法スキルがあれば付与できるが、抵抗の効果は最低3レベル、無効化の効果に至っては最低5レベルが必要とされている。

セイが当初付与しようとしていた効果は、最高難易度の無効化であったため、対応した魔道師は一番簡単な軽減の効果を付与することを勧めた。

直前でセイが付与する効果を変更したため、最初の一回目は失敗し、素材が割れるというハプニングが起こったが、二回目には魔法抵抗上昇の効果を付与することに成功した。

抵抗や防御上昇の効果は抵抗系の付与に相当するため、この時点でセイの魔法スキルのレベルが3レベル以上あることが確定した。

もう片方の候補であるアイラも、召喚から半年が過ぎた今でこそ、聖属性魔法のレベルが宮廷魔道師を超える4レベルとなっていたが、王立学園で魔法を習い始めた当初は1レベルの聖属性魔法を扱うのがやっとであった。

一度も魔法の講義を受けたことがないはずのセイが、いきなり3レベルであることに、どれほど魔道師達が驚いたかは想像に難くない。

更に調査を進めるため、エアハルトは色々な効果を付与するよう、セイに指示した。

エアハルトの非常に事務的な指示に対し、何時《いつ》セイが機嫌を損ねるかと周りは冷や冷やしていたのだが、幸いなことに彼女は気分を害すこともなく粛々と指示の通りに付与を行っていった。

軽減系の効果に必要な魔法スキルのレベルは最低1レベルであるが、内容によっては同じ軽減系であっても、それ以上のレベルが必要とされることもある。

例えば、毒軽減の効果であれば1レベルから付与できるが、麻痺《まひ》軽減の効果であれば2レベル以上でないと付与できないといった感じだ。

それを利用し、エアハルトはセイの詳細な魔法スキルのレベルを調べようとした。

順番に様々な効果の付与を行い、難易度を徐々に上げていったが、結局セイは5レベル以上を必要とする無効系の付与もあっさりと成功させてしまう。

そこでエアハルトは魔法の研究者として少し欲が出た。

続いて指示したのは、これまで歴史上の人物しか成功させたことがないという、一つの素材に対し二つ以上の効果を付与するというものだった。

流石《さすが》にこれは無理だろうという気持ちと、もしかしたらという気持ちが半々ではあったが、一番簡単な軽減系の効果だったとはいえ、これまたあっさりとセイは成功させてしまった。

こうなってくると、セイがどこまで成功させるのか、周りも非常に注目していた。

こっそりと成り行きを見守っていたはずの魔道師達が、そのときには皆、セイの作業を集中して見ている有様だったくらいだ。

丁度、一休憩を入れたところで、セイからいつまで続けるのかという問いが出たため、エアハルトは最後の指示を出した。

それは成功など有り得ない指示だった。

状態異常無効、魔法攻撃無効、物理攻撃無効。

最高難易度の無効系を、二つどころか三つも付与しろという、誰も成し得たことがないどころか、この世に存在できるかすら怪しい代物を作れという指示だった。

案の定、セイを以《もっ》てしても無理だったが、その代わりにできそうだと提示されたのは状態異常無効、魔法抵抗上昇、物理防御上昇という、伝説級の代物。

そして、宣言通り、セイは付与を成功させた。

こうして、セイの聖属性魔法スキルのレベルは恐らく最高の10レベルだろうということになった。

実際にはそんなレベルではないのだが、それをエアハルトたち王宮の人間が知るのは、もっと後になってからだった。

「おそらくですが、聖属性魔法は10レベル、基礎レベルも40レベルは超えていると思われます」

静かな口調で語られた報告だったが、聞いた国王と宰相の目は大きく見開かれた。

ステータスには、戦闘スキルや生産スキルのレベルとは別に、基礎レベルというものが存在する。

基本レベルはＨＰやＭＰ、物理攻撃力や魔法攻撃力などの基本的なステータスに影響を与えるレベルである。

平均的なレベルは、一般人は5～10レベル、王立学園を卒業した者で15～20レベル、王宮に勤める騎士や魔道師で30～35レベルであった。

40レベルを超える者は各騎士団、魔道師団の団長達くらいである。

今回、魔法付与の途中でセイが飲み干したMPポーションの数から、セイのMP最大値がおよそ五千程度であると見積もった。

王宮でMP最大値が五千程度の人物として挙げられるのは宮廷魔道師団の師団長であり、彼の基礎レベルは45レベルであった。

このことから、エアハルトはセイの基礎レベルが40レベル以上であると推測した。

「随分と高いな……」

宰相がそう零《こぼ》すのも無理はない。

セイと同じく召喚されたアイラについては、第一王子がアイラに確認し、国王の下に定期的に報告が上がっていた。

自己申告された、王立学園入学当初のレベルは基礎レベル、魔法スキルレベル共に1レベルであり、学園の授業で、この半年間で基礎レベルは16レベルまで上がっていた。

他の生徒たちが三年間で15～20レベルに到達することを考えると、アイラは基礎レベルが非常に上がりやすいことが分かる。

レベルが上がりやすいのは基礎レベルだけではなく、魔法スキルもで、こちらは使用するだけでレベルが上がることから、ポーションを用いて積極的なレベル上げを行い、聖属性魔法のレベルは宮廷魔道師に匹敵する4レベルになっていた。

それでも基礎レベル、魔法レベル、共にセイには遠く及ばない。

「それ程高レベルなのは、やはり彼女が【聖女】だからなのか？」

「それはまだ分かっておりません。団員たちにも文献を調べさせておりますが、【聖女】の詳細なステータスが記述されている物は今のところ発見されておりません」

「少しはそういう記述があっても良さそうだが……」

「重要なのは詳細なステータスではなく、魔を払う、瘴気《しょうき》を浄化できるかという一点だからでしょうか。その手の記述がされている物は多く見受けられます」

王宮図書室の書物には、歴代の【聖女】がどのようにして魔を払ったかという記述は多く残されていたが、【聖女】の詳細なステータスに触れた記述は未だ見つかっていなかった。

私生活については恋愛物語として当時の王族や、騎士との話等は残されているが、セイのようにポーションを作ったり、魔法付与を行ったりしていたという話は存在しなかった。

このように【聖女】に関しての文献の内容が偏っているのには当然理由がある。

歴代の【聖女】の中には、セイのように魔法付与を行った者もいた。

彼女達は、セイのように伝説級の核を生み出したりはしなかったが、それでも一般的には作ることができない品質の核を作ることができた。

賢明にも、当時の上層部が、そのことにより【聖女】が本来の目的以外で他者に利用されることを恐れ、魔を払う以外の記録を許さなかったことから、今の状況に至っている。

当時の上層部が考えたことと、今の国王が考えていることは、おおよそ一致していた。

そのことは、執務室で密談が始まってから、徐々に暗くなる国王の表情から読み取ることができる。

【聖女】が存在する可能性が高くなったことは、単純に喜ばしいことではあるが、【聖女】であるかどうかにかかわらず、セイの有能さは国家戦略に大きな影響を与える。

彼女の能力が公になれば、国内外から彼女を手中に収めようとする者が現れることは容易に予想でき、それらの者が暗躍することが、国が乱れる原因になることもまた想像に難くない。

国王として、それらの者の手から、セイをどうやって守るかを考えなければならなく、これからのことを考えると単純に喜んでいるだけではすまなかった。

「彼女の護衛を強化する必要があるな」

一通り話し合われた最後に国王が告げた内容は、その場にいる者達共通の認識であった。

現在セイがいる薬用植物研究所は王宮から離れており、最近はセイがらみで研究員達以外の人間が出入りすることも増えたが、関係者以外が研究所に近付くことは少なかった。

聖女候補であるセイには元々研究所に移った頃から密かに護衛が付けられていたが、立地によって不審者が紛れ込んだとしても見つけ易《やす》く、セイ自身が研究所にいることが多かったため、護衛の人数は多くはなかった。

しかし、今回の調査結果が洩《も》れた場合を考えると、今の護衛の数では心許《こころもと》ない。

既にセイの能力が魔道師達に知れ渡っていることを考えると、早急に護衛の数を増やす必要があると判断した。

とはいえ、増やし過ぎるのもまた問題がある。

ヨハンから、セイが一般人として生活を送ることを望んでいるという報告が上がっていた。

そのため、アイラとは違い、常に護衛を側《そば》に置くといったことはしておらず、現在もセイに気付かれないように密かに護衛がついている程度だ。

国王達は話し合った結果、護衛についていては食堂の料理人や研究員として研究所に紛れ込ませ、常にセイの身近に数名を置くことで対処することにした。

第七幕　魔法

喚び出されてから七ヶ月。

日中照りつける日差しの強さは変わらないが、徐々に日が落ちるのが早くなってきたように感じる。

毎朝の日課である薬草の水遣《や》りを行いながら、日の出の時間も遅くなりつつあるのを感じ、もうすぐ秋だなぁと思う。

「おはよう、セイ」

如雨露《じょうろ》で薬草の根元に水を撒《ま》いていると、起きて身支度を整えたジュードがこちらに来た。

薬草の水遣りといっても、薬草園全体に行っている訳ではない。

そもそも、このところ薬草園が拡張されたため、私一人で全体を管理するというのは、土台無理な話。

私が世話をしているのは、個人用に貰《もら》えた、研究所の薬草園の一角だけね。

私以外にも個人用の畑を持っている研究員達は多く、其々《それぞれ》個人が管理している。

それ以外の区画については、薬草園の世話を行うための庭師が何人もいて、日頃はその人達が管理している。

「言ってくれれば手伝ったのに」

私が持っている如雨露を見て、ジュードが眉《まゆ》を下げる。

ジュードは水属性魔法が使えるため、如雨露なんて使わずに広範囲に水遣りを行うことができる。

私が毎朝水遣りを行っていることを知って、ジュードから水遣りに水属性魔法が使えることを教えてもらい、実際に手伝ってもらったこともある。

ただ毎日のことなので、毎回頼むというのは流石《さすが》に心苦しく、結局水遣りの前に会ったときだけ手伝ってもらっている。

「ありがとう。気持ちだけ受け取っとくわ」

にっこり笑ってお礼を言うと、ジュードも仕方ないなぁという感じで笑う。

今日の水遣りは丁度終わったところだったので、ジュードを伴って研究所に戻る。

ジュードは自分の畑を持っていないので、私の水遣りを手伝うためだけに、こうして外に出てくるらしいのよね。

「そういえば、今日ってお店から薬草が届く日だっけ？」

「そうそう。今日はいつもより量が多いらしいから、研究員も倉庫に入れるの手伝えって所長が言ってたね」

帰る道すがら、今日の予定をジュードと確認する。

第三騎士団にポーションを卸すようになってから、研究所の薬草園だけでは薬草が賄いきれなくなったので、商店から薬草を仕入れるようになった。

ちなみに、その商店はジュードの実家らしく、お陰で少し安く仕入れられたって所長が喜んでたわ。

ジュード曰《いわ》く、彼の実家は王都では結構大きな商店で、色々な物を取り扱っているらしく、研究所の食堂の食材もそこから仕入れているというのを、この間初めて知ったのよね。

食堂の食材に関しては、色々と無茶を言ってるかもと思うこともあるので、少し申し訳なく思ったわ。

「荷物が届くのは何時頃かしら？」

「朝三つの鐘の頃じゃないかな？」

「じゃあ、それくらいに倉庫前に行けばいいかな」

この世界、時計はあるのだけど、とても高価な物らしく、持っている人が限られている。

そのため、庶民は教会等で鳴らされる鐘の音で時刻を知るらしく、王宮でも同様に決められた時間に鐘が鳴らされる。

朝三つの鐘というのは大体午前九時頃。

倉庫は研究所の隣にあるから、鐘の音が聞こえてから向かっても間に合うわよね。

朝三つの鐘の音を聞いて倉庫前に行ったのだけど、私が手伝うことはなかった。

荷馬車に積み上げられた薬草の入った大量の箱は私以外の研究員さんや下働きの人が倉庫に運んでくれた。

薬草の大半を使うのは私だから、私も手伝うって言ったんだけど、何故《なぜ》か皆に固辞されたのよね。

いや、まぁ、普段見られない皆の逞《たくま》しいところを見られて、個人的にはいい目の保養になったのだったけど、私だけいい思いしていいのかしら？

何だか申し訳ないので、見学するのはやめて、本来は別の人が行く予定だった第三騎士団へのポーションの配達に代わりに行くことにした。

ポーションの配達はロバが引いてくれる荷車で行くので、そこまで重労働ではないのよね。

積荷の上げ下ろしは下働きの人がやってくれるしね。

そうそう、荷車の御者ができるようになったのよ。

最初は上手《うま》くロバを御せるか心配だったけど、意外にあっさりできた。

多分、ロバが凄《すご》く優秀だったからだと思う。

大人しくてちゃんと言うこと聞いてくれるいい子なの。

これもポーション作製と同様、日本にいたら多分経験しなかったことよね。

「あれ？　セイ？」

第三騎士団の隊舎の通用口で下働きの人に荷車からポーションを下ろしてもらっていると、ちょうど訓練が終わった騎士さん達と出会った。

訓練だったからか、いつも見る騎士服ではなくて、ちょっとラフな感じの服装だ。

一緒に討伐に行ったり、料理の効果調査に協力してもらったこともあり、何だかんだで第三騎士団の皆さんには仲良くしてもらっている。

こうして私を見かけると声をかけてくれる程度には。

声をかけてきた騎士さんは、私の側《そば》にある荷車にポーションが積んであるのを見て、私が運んできたことを察してくれたようだ。

「ポーション運んできてくれたの？」

「はい」

「研究所のポーション、ほんと性能いいよな。討伐のとき、本当に助かる」

「ありがとうございます」

訓練後ということもあり、わらわらと私の周りに騎士さんの輪ができる。

私より背が高くて、体格がいい人が多くて、まるで壁に囲まれているような感じがする。

これぞ本当の肉壁、なんちゃって。

「いつも結構な量を作ってもらってるけど、大変なんじゃないか？　次はこの倍だろ？」

「え？　増えるんですか？」

「あれ？　聞いてない？」

騎士さんの一人から次回卸す量が倍になると聞いたが、所長からそういう話は聞いていない。

正直、今の量の三倍くらいまでは余裕で一人で作れるので、倍になったところで全く問題はないけどね。

詳しく聞いてみると、次に予定している騎士団の討伐は第二、第三騎士団合同で行うらしく、そのため第三騎士団だけではなく第二騎士団にも研究室からポーションを卸すことになったそうだ。

片方のポーションだけが性能が良かったら、色々と問題が発生しそうだからってことで、所長と団長さん達の間でそうなったらしいわ。

道理で、今日納品された薬草の量がいつもより多かった訳ね。

「複数の騎士団が合同で討伐だなんて、強力な魔物でも出たんですか？」

「そういう訳ではないんだがな。次に行くのがゴーシュの森だから、念のためということで二つの騎士団が出ることになったんだ」

「あぁ」

ゴーシュの森というのは例のサラマンダーが出た森で、あのとき現れたサラマンダーは退治したけど、まだ他にいるかもしれないということで今回大掛かりな討伐を行うことになったそうだ。

「第一騎士団は行かないんですか？」

第二、第三ときたので、第一もあるんだろうと思い、何げなく発した質問だったのだけど、言った途端、周りの騎士さん達の表情が渋くなった。

何かまずいことを言ってしまったのだろうかと首を傾《かし》げると、騎士さんが言い辛《づら》そうに口を開いた。

「第一は殿下達のお守りがあるんだよ」

「殿下?」

「あー、カイル殿下達が東の森でレベル上げするらしくてな。その護衛に行くから今回の討伐には不参加なんだ」

カイル、カイル……、あぁ、あの赤髪王子か。

名前で言われて一瞬誰だか分からなかったが、確か第一王子がそんな名前だったなと思い出した。

「殿下達ももう15レベルは超えてるだろ。今更、東の森でレベル上げしても上がり難《にく》いだろうに……」

「そうだなぁ。行くなら南の森の方が良さそうだよな」

「護衛が付くんなら、尚更《なおさら》南の森の方がいいだろ」

騎士さん達が言うには、東の森は初心者用の森らしく、基礎レベルが12レベルくらいまでの学生が、よくレベル上げに行く場所だそうだ。

対して、第一王子とその仲間達は既に15レベル前後の者が多いらしく、東の森ではレベルが上がり難くなっているだろうとの話だった。

東の森よりも南の森の方が強い魔物が出るらしく、12～20レベルくらいまでは南の森に行く方がレベルが上がりやすいらしい。

その後も周りの話を聞いていると、以前は第一王子も南の森に行っていたことがあるらしく、何故今更東の森に行くのかと疑問に思った。

「あれだろ？　聖女様がいるからだろ」

「まぁ、十中八九そうだろうなぁ」

「聖女様？」

「殿下が保護している女の子で、殿下達がそう呼んでるんだよ」

【聖女】という単語に思わず反応すると、騎士さん達がその聖女様について色々と教えてくれた。

第一王子が保護しているという時点で想像はついたけど、やっぱり愛良ちゃんだった。

騎士さん達の話を要約すると、愛良ちゃんは学園《アカデミー》に通っていて、第一王子や彼の側近達が付きっ切りで面倒を見ているらしい。

第一王子曰く彼女が【聖女】で、早くレベルを上げた方が国のためにもいいからというのが理由だとか。

そして同級生よりも遅く王立学園に入学した彼女を同級生達に追い付かせるために、彼女よりレベルの高い第一王子達が一緒に森に行くことで通常より速い速度で彼女のレベルを上げていたらしい。

もちろん第一王子もその側近達も王族だったり高位貴族の子息だったりするので、安全性を確保するために第一騎士団も付いて行っていたみたい。

そうしてパワーレベリングを行っていたのだけど、本来であればそろそろ南の森に移動するべきところを第一王子が危険だと反対して只管《ひたすら》東の森でレベルを上げているらしい。

愛良ちゃんのレベルが同級生達に追い付き、急ぐ必要がなくなったというのも理由のようね。

「大切にされてるんですねぇ」

一緒に召喚された者として愛良ちゃんの近況が聞けたこと、理不尽な目に遭っていないことに少しほっとする。

年下の女の子だしね、やっぱりちょっとは心配してたのよ。

ほっとしたのが態度に出ていたのだと思うのだけど、周りの騎士さん達からは微妙な表情で見られた。

え？　何？

「あっちの聖女様より、よっぽどセイの方が聖女様っぽいけどなぁ」

「殿下も見る目ないよな」

「何か困ったことがあったら言えよ。俺達にできることなら何でもするから」

何だかすごく不憫《ふびん》な子を見る目で見られながら、口々に慰められたのだけど、そんなに心配しなくても大丈夫ですよ？

やりたいことやって、結構平和に楽しく過ごしてるしね。

「あはは。ありがとうございます。困ったことがあったら相談させてもらいますね」

皆、私のことを【聖女】っぽいと言ってくれるけど、困ったことに本当に【聖女】らしいのよね。

ステータス上では。

でも、それを積極的に肯定するつもりも、喧伝《けんでん》するつもりもない。

いつかばれたときのことを考えると、【聖女】であることを否定するつもりもないけど。

召喚された日のことは、やっぱり未だに少しだけ蟠《わだかま》っていて、素直に認めたくない思いもある。

だから、いつか誰かにばれるまでは只《ただ》の一般人として過ごしたいと思っている。

◆

先日、第三騎士団で聞いた話を思い返す。

そう、私と一緒に召喚されたもう一人の女の子のことを。

第一王子に連れて行かれた彼女は、現在は王立学園《アカデミー》に通っているらしい。

年齢的にもまだ学生だろうなと思っていたから、それ自体は問題ない。

私が気になったのは、入学当時に同級生より基礎レベルが低かったという話。

騎士さん達と別れ、研究所に戻ってからジュードに確認したところ、学園の一年生であれば今頃は大体7~8レベルくらいの者が多いんじゃないかという話だった。

王子と同じ三年生では12〜16レベルくらいが多く、優秀な生徒である王子達は15レベルは超えているだろうと騎士さん達は言っていた。

同級生に追い付いたという話もあったことから、愛良ちゃんは高くても王子達と同じ15レベルくらいなのかなと予想している。

翻って自分の基礎レベルを思い出す。

というか、ついさっきも確認したが、レベル上げも何もしていない私の基礎レベルは召喚当時から全く上がっていない。

55レベルのままだ。

そう、55レベル。

今現在で比較しても、愛良ちゃんは15レベルで、私は55レベル……。

愛良ちゃんが15レベル以上だったとしても、恐らく私よりは低いだろう。

何となく気になって聞いてみたジュードは20レベル、騎士さん達ですら30台のレベルの人が多かったのよね。

彼女のレベルが彼等より高いとは思えない。

このレベル差は一体何なんだろう？

非常に嫌な心当たりはあるのだけど、それはあまり考えたくない。

年の差のせいだとも考えたくないけど、私だけが【聖女】で愛良ちゃんはそうではないとか、もっと嫌だ。

そんなことになったら、きっと私は平和な一般人として生活できなくなる。

愛良ちゃん自身も嫌だろう。

【聖女召喚の儀】で喚《よ》ばれたのに、【聖女】じゃないとか……。

「おいおい、随分気合い入れて作ってるな」

声をかけられて振り向くと、呆《あき》れ顔の所長がいた。

どうも考え事をしながら黙々とポーションを作っていたら、予定以上の量ができてしまっていたらしい。

最近は第三騎士団に卸すようになったこともあり、効率化を図って一度に沢山のポーションを作るようになったため、今混ぜている釜《かま》の横の机の上には一般的な薬師《くすし》さんが作る量の一・五倍の量のポーションが既に並んでいる。

「すみません、考え事をしてたら作り過ぎちゃいました」

「まだまだ余裕そうだな。今日だけでこの倍はいけるか？」

「そうですね。それくらいならまだ余裕ですね」

苦笑しながら聞く所長にそう言うと、所長の頬が引き攣《つ》った。

研究所に来た当初、大量の下級ＨＰポーションを作っているところを見られたときにはＭＰが枯渇しないか心配されていたというのに、最近ではそんな心配はしてくれない。

むしろ、日に日に少なくなっていく薬草園の薬草を心配されるようになった。

上級HPポーションの材料に至っては、これ以上は減らせないとかで、現在使用禁止となっている。

製薬スキルのレベルもこれ以上は上がらなそうなので、最近は、上級HPポーションについては第三騎士団に卸すためだけに商店から薬草を仕入れ、細々と作っているくらいだった。

このところ行っていた東と南の森程度の討伐では上級HPポーションは、効果もお値段も高過ぎて、余程のことがないと使うことがないということもあり、沢山作っても溜《た》まる一方だったしね。

ただ、今回は久しぶりに西の森に討伐に行くということもあり、普段は使うことがない上級HPポーションもそれなりの量があった方がいいだろうということで、少しだけ増産することになった。

一般人として、私が表立ってできることと言えばポーション作製くらいなので張り切って作っていたのだけど、所長の顔を見る限り、少し作り過ぎたようだ。

うっかりと一日で済ませる予定だった仕事を午前中だけで終えてしまったので、王宮の図書室に行くことにした。

上級HPポーションより効果のあるポーションを作れそうな薬草を調べるためというのを建前に。

薬草については随分前から調べてはいたのだけど、今のところまだ見つかっていない。

以前、リズに聞いたところ、禁書庫に置いてある本であれば載っている物があるかもしれないという話だったのだけど、流石《さすが》に一般人は禁書庫には入れない。

仕方がないので、片っ端から薬草に関係しそうな本を読んでいるんだけどね。

まだまだ先は長そう。

今も、ある意味時間つぶしに、関係しそうな本を探していたのだけど、ふと気になった本があったので手に取った。

その本のタイトルには「聖属性魔法」という単語が含まれていた。

基礎レベルもそうだけど、私のステータスの中で一番おかしいのは聖属性魔法のレベルだと思っている。

∞《無限大》って何よ。

数値ですら表されていないレベルは、もしかしなくても【聖女】と関係あるのだろう。

偶々《たまたま》話題に上ったから基礎レベルについては聞くことができたけど、属性魔法のレベルについては聞いていないため、平均的な属性魔法のレベルというものが、どの程度であるかは分からない。

あまり根掘り葉掘り聞くと、こちらのことも突っ込まれそうで、聞くに聞けなかったのよね。

基礎レベルの話も恐る恐る聞いたのだけど、ありがたいことに私のレベルについては聞かれなかった。

閑話休題。

その聖属性魔法だけど、レベルがレベルなので多分これ以上上がらないだろうなと思っていたこともあって、特に勉強することもなかった。

それよりも製薬や料理の方がレベルが上がるのもあって面白かったというのもあるけど。

でもここに来て、愛良ちゃんの話を聞いて、少し思い直した。

時同じくして召喚された彼女だけど、基礎レベルは私より低かった。

このことから、恐らく聖属性魔法のスキルレベルも低い可能性が高いと思うのよ。

もちろん、同じレベルだったらいいな、というか是非同じレベルであって欲しいとは思うんだけどね。

それなら私はずっと一般人でいられるし。

だって、【聖女】になんてなってしまったら、あの王子と一緒にいなければいけない機会が増えそうじゃない。

それは非常に避けたい。

あぁ、話がまた逸れた。

その愛良ちゃんの話と今回の西の森での討伐の話で、私も少し魔法の勉強をした方がいいのかなと思ったのよ。

今回の討伐は、あのサラマンダーが現れた森で行われる。

騎士さん達から、最近は魔物の湧きが減ってきたという話も聞いてはいたけど、やはり少し心配なのよね。

もしかしたら、あのときのように大勢が怪我をし、ポーションだけでなく魔法が必要となることがあるかもしれない。

あのときもポーションでは治せないけど、魔法でならって誰かが話していたのを小耳に挟んだ記憶がある。

もし、そうなったとき、事前知識もなく一発勝負で魔法を使うより、多少なりとも勉強をしておいた方がいいような気がしたのよね。

そういう訳で、聖属性魔法について書かれている本が気になったの。

「魔法に興味があるのかい？」

不意に声をかけられ振り向くと、すぐ近くに男の人が立っていて驚いた。

手に取った本は、確かに聖属性魔法について書かれている物だったけど、非常に内容が難しかった。

ともすれば、左から右に目が滑りそうになるので、かなり集中して読んでいたせいか、声をかけられるまで近付かれたことに全く気付かなかったくらいだ。

「その本は非常に内容が難しかったと思うが……」

「そう、ですね。できれば、もう少し簡単な物の方がいいかなと思っていたところです」

「なら、こちらの方がいいだろう」

今向かっている本棚の対面にある本棚から、一冊の本を取り出し手渡された。

ぱらぱらとページを捲《めく》ると、今まで読んでいた本より遥《はる》かに内容が簡単な物だった。

これなら魔法初心者の私でも簡単に理解ができそう。

「ありがとうございます」

「いや」

そこまで話して、彼はじっと私を見た。

うん、何ていうか居心地が悪い。

何故《なぜ》なら、彼は非常に彼に似ている。

年齢は私よりも上だろうか、彼が年齢を重ねるとこうなるんじゃないかという感じ。

背は私よりもかなり高いけど、恐らく団長さんよりは低い。

少し見上げる位置にある髪の毛は鮮やかな赤金色をしている。

緩やかに細められた瞳《ひとみ》や、すっと通った鼻筋に瞳と同じく弧を描く唇は、とてもバランスよく配置されており、あの彼とよく似ている。

似て非なるものではあるが、彼もまた非常に顔面偏差値が高いと言えるだろう。

年齢が上な分、私にはあの彼よりも破壊力が高い気がする。

何と言うか、色気が段違いなのよ。

「名乗るのが遅くなった。私はジークフリート・スランタニアだ」

きっと私は訝《いぶか》しげな表情でもしていたのだろう。

彼は微笑《ほほえ》んでいた表情を真面目《まじめ》なものに変えると名乗り、綺麗《きれい》なお辞儀をした。

その洗練された優美な動作と名前から、間違いなく彼はこの国の王族の一人なのだろう。

というか、王族だよね？

「貴女の名はセイで良かったかな？」

「え、ええ」

しまった、私から挨拶《あいさつ》するべきだった。

色々と驚きすぎて呆然《ぼうぜん》としていて名乗るのが遅れたせいか、向こうから名乗られて、しかも確認までされた。

今更だけど、挨拶し返しておいた方がいいわよね？

「セイと申します」

貴族女性のようにスカートをつまみ、膝《ひざ》を曲げてお辞儀をする。

所謂《いわゆる》、カーテシーね。

相手は王族っぽいしね、礼儀は大切だと思うの。

郷に入れば郷に従え。

王宮にいるから、色々と事情を知らない貴族に会うこともあるかもしれないと、リズにちょこっとだけ習っておいて良かったわ。

「そんなに畏《かしこ》まらなくていい。礼を尽くさなければならないのは、こちらなのだから」

ジークフリート様は慌てたように私の腕に手を添え、身を起こさせた。

そう言われても、彼に礼を尽くされるようなことはしていないと思うのだけど。

不思議に思って首を傾《かし》げると、彼は改めて真面目な表情を作り、頭を下げた。

「貴女には息子が大変な失礼を働いたと聞いている。愚息のしたこと、大変申し訳ない」

「息子さんですか？」

「あぁ」

「えーっと、確か、カイル……、殿下のことでしょうか？」

「そうだ」

目の前の彼に息子と言われて、思い浮かぶのは第一王子だ。

確かカイルって名前だったよねと確かめると、当たっていたようだ。

アレが息子ってことは、ジークフリート様って……王様っ⁉

「あ、頭を上げてくださいっ！」

「しかし……」

「気にしてませんからっ」

気にしてないっていうのは嘘だけど、流石に王様に頭を下げさせるのは問題だと思う。

やめて欲しい、本当に心臓に悪いから。

「本来であれば、もっと早く、ちゃんとした場所で謝罪しなければいけなかったのだが……。このような場所で重ね重ね申し訳ない」

「いやっ、気にしないでくださいっ。むしろここでの方がありがたいです」

王様曰《いわ》く、政治的に色々と問題があるらしく、公式な場での謝罪はもっと後になってしまうそうだ。

しかし、流石にそこまで何もしないというのも問題があると思い、私がよく図書室に一人で来るという話を聞いたことから、このところ私に会いにちょくちょく図書室に来ていたらしい。

どうやらすれ違っていたみたいで、中々会えなかったんだけどね。

でもまぁ、公式とか非公式とか、そんな大げさな謝罪はいりません。

そこのところを丁寧に、オブラートに包んで伝えたのだが……。

「謝罪もだが、この国に来てから貴女は色々な功績を挙げている。何か恩賞でもと思うのだが、欲しい物はないのか？　領土とか爵位とか……」

「いいえ、結構ですっ」

「そうか、ならば王都に屋敷でも……」

「それも結構です。管理できませんから」

「使用人もこちらで用意するが？」

「使用人っ⁉」

この後も色々と褒美の品というものを挙げられたのだが、どれもこれも私の手には余りそうな物ばかりで、只管《ひたすら》断った。

ドレスやアクセサリーという話も出たんだけどね。

興味はあるけど、それもまた管理できないということで丁重にお断りした。

そうしたら「ヨハンが言う通りだな」と苦笑された。

話を聞くと、私に対する恩賞については話が上がっていたらしいのだが、どうも所長が止めていたらしい。

多分私が断るって。

グッジョブです、所長。

「仕方ない、今は諦《あきら》めよう。何か欲しい物を思いついたら教えて欲しい。できる限り用意するから」

色気たっぷりの苦笑付きで王様がそこまで話すと、戻らなければいけない時間が来たようで、突然の謁見は終了となった。

うん、色々と心臓に悪かった。

◆

「痛っ」

今日はいつものお料理教室の日ではなかったのだけど、何となく気が向いて、食堂でお手伝いをしている。

メニューは既に決まっていたので、それに従って材料を切っているところだった。

野菜と一緒にうっかり指も切ってしまった。

あまり深くは切らなかったみたいだけど、じわじわと血が滲《にじ》んできている。

そっと周りを窺うと、料理人さん達は昼食の準備で忙しく、今は誰もこちらを見ていない。

「『ヒール』」

周りに聞こえないよう、小さな声で回復魔法を唱えると、指の切り傷はあっという間に治ってしまう。

魔法って凄《すご》い。

先日王宮の図書室から借りてきた本を読んで、魔法の使い方というのを学んだ。

いざというとき、座学だけでは心許《こころもと》ないので、機会があれば積極的に使っている。

所謂、練習ね。

ちゃんと実践してみようとしたのは正解だったみたいで、最初は上手《うま》く魔法が発動しなかった。

本を片手に、あーだこーだやっていたら使えるようになったので、とりあえずは良しとしている。

これなら騎士団がゴーシュの森から帰ってきて、治療のために魔法が必要となっても問題ないかな。

第二、第三騎士団へのポーションの受け渡しも終わり、騎士団は予定通り王都西のゴーシュの森へ向かった。

準備期間は短かったけど、持ち前のＭＰでごり押し、何とか期間内に注文されていた全てのポーションを作製することができたわ。

騎士団が出発してからは、彼等がなるべく無事に戻ることを祈りながら過ごした。

そうこうしているうちに、王都西のゴーシュの森への討伐は無事に終わり、第二、第三騎士団が王都へと戻ってきた。

東と南の森よりも少し王都から離れていることもあり、移動も含めて出発から戻ってくるまでに二週間程経っていた。

ポーションはちゃんと役に立ったらしく、今回の討伐では死者が出なかったと聞きほっと一息吐《つ》いたのは一週間前のこと。

ただ、死者は出なかったものの、負傷者はそれなりにいて、王都に戻ってきてから病院のような所に入院することになった人達もいたようだった。

討伐から帰ってきた直後は色々と後処理があるらしく、忙しいと団長さんから聞いていたので、少し日を置いてから病院にお見舞いに行くことにした。

仲良くなった第三騎士団の騎士さん達も何人か入院していると聞いたからね。

お見舞いには、いつものクッキーを焼いて持って行くことにした。

「こんにちは～」

「おー、セイじゃないか」

「体調はいかがですか？」

「この通り、元気元気」

「何言ってるんだ、戻ってきたときは死にそうな顔してたくせに」

「うるせーぞ」

皆が入院している建物の中に入ると、まさしく病院という感じで、騎士さん達がいるところは十人一部屋の大部屋だった。

最初に見つけた騎士さんがいる部屋は、体幹部に負った裂傷や刺傷が治りきっていない人達が多かった。

話を聞くと、しばらく討伐に行っていなかった西の森には大量の魔物が溜《た》まっていたらしく、討伐では、かなり多くの負傷者が出たらしい。

ポーションの数にも限りがあるということで色々と工面し、何とか死者だけは出なかったとか。

そのため、この部屋にいる人達はポーションで止血だけして王宮に戻ってきたのだそうだ。

一週間の間に、それなりに元気にはなったようだけど、実のところまだ安静にしていないといけない人がほとんどだとか。

それなりの人数が入院していることもあり、暫《しばら》くは討伐もお休みらしいのだけど、動けるようになった人からどんどん退院して騎士団に戻るんだって。

一日訓練をサボると、元に戻すのに倍以上時間がかかるからと言っていた。

私も大概だけど、騎士さん達も相当な仕事中毒《ワーカホリック》な気がする。

「大変だったんですね」

「それでも、生きて帰れただけマシだったな」

「そうそう、セイのポーションのお陰だよ」

「ポーションが役に立ったんなら良かったです」

皆が口々にお礼を言ってくれるので、少し照れてしまう。

何にせよ死者が出なくて良かった。

色々と話をしたけど、この部屋以外にも第三騎士団の人達がいるという話だったので、この部屋の人達にお別れを言い、次の部屋に移動した。

どこの部屋に行っても同じような感じで、皆にお礼を言われるので、ポーション作製頑張って良かったなぁと思っていた。

そうやって暢気《のんき》にお見舞いできていたのは何部屋目までだっただろうか。

その部屋にいた顔見知りの騎士さんを見つけて声を失った。

「おっ、見舞いに来てくれたのか？」

いつものように、にかっと笑って声をかけてくれた彼の左腕がなかった。

何とか頷《うなず》いて返事をしたけど、私のいつもと違う様子に彼は困ったように笑い、右手で頭をかいた。

いつもそこにあった物がないということに、これほどショックを受けるものだとは思わなかった。

何と言っていいのか、言葉が出なかった。

「その腕……」

「おぅ、ヘマやっちまってな」

魔物に持ってかれたよと彼は豪快に笑った。

ポーションで治せなかったのかと聞くと、上級ＨＰポーションでも指先の欠損を治せるのが精々らしく、腕となると無理だという話だった。

そういう意味では、サラマンダーのときの団長は運が良かったよなと彼は笑う。

「ポーションで治せないとなると、後は回復魔法で治すんでしたっけ？」

「うん、まぁそうなんだけどなぁ」

以前聞いた、回復魔法の方がポーションよりも効果があるという話をしたけど、彼は微妙な表情で口篭《くちご》もった。

「何か問題があるんですか？」

「回復魔法でもなぁ、欠損を治すのは難しいんだよ」

彼の話では回復魔法で手足の欠損を治すには聖属性魔法のレベルが８レベルは必要だという話だ

った。

　そして問題なのは、今王宮には6レベル以上の聖属性魔法の使い手がいないため、手足の欠損を治せる人がいないからだそうだ。

「いないんですか？」

「元々、魔道師の中でも聖属性魔法が使える奴《やつ》は少ないんだ」

　魔道師自体が少ないということもあるけど、その中でも適性のある属性というのはばらけていて、ほとんどの属性は回復魔法が使えず、欠損を治せる程の回復魔法を使えるのは聖属性魔法に適性がある者だけらしかった。

　魔道師の中でも均等な割合で適性のある属性がばらけているとしたら、回復魔法が使える魔道師はどれだけ少ないのか。

「止血にポーションが使えただけでも良かったさ。じゃなきゃ、火で炙《あぶ》る羽目になっただろうからな」

　聞くだけで痛い話だ。

「今日は来てくれてありがとな。最後に会えて良かった」

「え？　最後？」

「動けるようになったら、騎士団を辞めて故郷に帰ることにしたんだ。この腕じゃ騎士を続けるのは難しいからな」

言われて納得した。

納得はしたくないけど。

二の腕の途中からなくなってしまった彼の腕をじっと見る。

ポーションで止血したせいか、切り口は綺麗《きれい》に肉が盛り上がっていて、骨なども見えない。

そこにあった物がなくなってしまっただけで、彼が言う通り会えなくなる。

彼は確か王立学園《アカデミー》卒業後に騎士団に入った、元平民のはず。

騎士団を辞めれば、その身分は再び平民となり、王宮にも来られなくなると思う。

そう考えて、とても寂しくなった。

そっと彼の腕に触れると、彼はびくりと体を揺らした。

「もし……。もしも腕が治るとしたら、治したいですか？」

「それは……」

私の問いかけに、今まで笑顔だった彼の表情がくしゃりと歪《ゆが》んだ。

そりゃそうだよね。

誰も好き好んで腕をなくしたい訳じゃない。

欠損を治すのに必要な聖属性魔法のレベルは8レベル。

私は十分にその条件を満たしている。

でも、ここで治してしまったら、一般人だと言い張るのは難しくなると思う。

もしも彼が見知らぬ人だったら、何も見なかった振りをして立ち去ったかもしれない。

いや……………。

多分、見知らぬ人だったとしても、見てしまった以上、結局は治すことになるんだろう。

見なかった振りをして立ち去っても、きっと気になって戻ってきてしまう気がする。

心がもやもやしてね。

私は結構小心者なのよ。

彼に触れている方の掌《てのひら》に、体内の魔力を集中させる。

集中させる魔力の量によって、どの程度まで治すのかが調整できるの。

今回は腕一本分の欠損を治すので、いつもよりかなり多くの魔力を集める。

どうか上手《うま》く治りますように。

そう祈りながら、私は魔法を唱えた。

「『ヒール』」

魔法を唱えると、白く淡い光が騎士さんの体を薄《うっす》らと覆った。

なくなった左腕の部分には白く濃い靄《もや》のような物が集まり、徐々に腕の形をかたどる。

その靄もぼんやりと白く発光していて、濃淡が違うだけで体を覆っている光と同じ物のようだった。

白い靄には金色の粒子がラメのように交ざっていて、キラキラと煌《きら》めいている。

そうやって騎士さんが光っていたのは、ほんの数秒で、光がおさまると、そこにはちゃんと左腕があった。

騎士さんは呆然《ぼうぜん》とした表情で暫く左腕を見つめた後、徐《おもむろ》に掌を握ったり開いたりした。

「何か違和感とかありますか？」

「…………ない」

あまりにも握ったり開いたりを繰り返すので、少し心配になり問いかけてみたけれど、問題はなかったらしい。

良かった、ちゃんと成功した。

何となく嬉《うれ》しくなって、口角が上がる。

騎士さんは掌を握るのはやめたけど、相変わらずぼんやりと掌を見つめている。

「セイ」

「どうしました？」

静かな声で呼ばれたので、どうしたのだろうと首を傾《かし》げると、膝《ひざ》の上に置いていた両手をがばっと握られた。

急なことに、思わず「うわっ」と声を上げてしまったけど、騎士さんが手を離すことはなかった。

「……ありがとう」

普段の軽い調子は鳴りを潜め、眉間《みけん》に皺《しわ》を寄せて泣き出しそうな表情《かお》で、彼はお礼を言った。

「えっと、どういたしまして？」

「何で、そこで疑問形なんだよ」

「や、何となく……」

お礼を言われるのが少し気恥ずかしくて、うっかり疑問形で返すと、騎士さんはがっくりと肩を落とし、いつもの調子に戻った。

ちょっと、ほっとした。

何か、こう、いつもと違う調子で接せられると緊張するよね。

それがまた普段は軽い感じの人が、シリアスな感じで接してくると余計に。

それは騎士さんも同じようで、お互いに何となく苦笑し合うと、ふと視線を感じた。

気になって周りを見回すと、同じ部屋に入る患者さん達が皆こっちを見ていた。

その視線は驚愕《きょうがく》に満ちたものだったり、どこか期待に満ちたものだったり。

あー、うん、そうだよね。

いきなり腕生やしちゃったものね。

最初に入った病室でも感じたけど、ここは同じような症状の人が同じ部屋に集められているみたいで、この部屋には腕だったり足だったり、どこかを欠損した人が集められていた。

欠損した場所にもよるのだろうけど、この部屋にいる人は概《おおむ》ね退院した後は騎士団を去ることになるだろう人達で占められている。

そんな人達の真ん中で一人を治しちゃったら、自分もって思うわよね。

こうなったら、もう乗りかかった船だし、ついでだから全員治しますか。

ふぅっと一息だけ吐《つ》いて、騎士さんに研究所からランク問わずMPポーションを持ってきてもらうようお願いする。

怪我をしているのも腕だけっぽかったし、お使いをお願いしても平気よね？

私のMPが多いとはいえ、皆を治してたら、途中で尽きちゃうかもしれないしね。

お使いは快く引き受けてもらえ、それじゃあいってらっしゃいと見送ったら、騎士さんがベッドから降りて数歩歩いたところで「あ？」と声を上げた。

「どうしました？」

何か不具合でもあったのだろうかと声をかけると、騎士さんはそれには答えず、その場で何故《なぜ》か足踏みをしたり、屈伸をしたりした。

そうして一頻《ひとしき》り、何かを確かめた後、ギギギと軋《きし》む音がするような感じで、ゆっくりとこちらを振り返った。

「古傷まで治ってる」

「はい？」

騎士さんが言うには、腕だけじゃなく、以前痛めたはずの膝まで回復しているとのこと。

今まであった違和感が綺麗さっぱりなくなってたんだって。

古傷まで治しちゃうなんて魔法ってすごいんですねと言ったら、普通は古傷まで治るなんてことはないそうだ。

え？　ここでもまさかの五割増しの呪《のろ》いとか？

それとも魔力込め過ぎたかしら？

でも中途半端に魔力を込めて治りませんでしたっていう方が嫌だから、そこは深く考えずに込めるしかないわよね。

とりあえず、古傷まで治ってしまった件については後で考えるとして、今は治療のことに専念することにした。

その病室にいた人、一人一人と向き合って治療する。

小さな傷や大きな傷、外側や内側も関係なく、魔法は全てを治してくれる。

こうしてみると、本当に魔法って便利ね。

治療された人達は皆一様に彼方此方《あちこち》が治ったことに驚き、それから涙を流さんばかりに感謝してくれた。

いや、実際泣き出した人もいる。

大人の男の人が泣くところなんて初めて見たから、かなり焦ったわ。

そして病室にいた全員を治し終わって、帰ろうと振り返ったら、病室の入り口には人だかりができていた。

一通り治療が終わったことに気付いたからか、入り口にいた人達のうち何人かが中に入ってきて、この病室にいた人達に話を聞いていた。

そのうちの一人に声をかけ、話を聞くと、騒いでいる声が聞こえたから様子を見に来たらしい。

そうね、治った人の中には喜びのあまり大声で叫んでいる人もいたものね。

中に入ってきた人達はこの部屋にいた人達の知り合いらしく、もちろん彼等が受けた傷が重かったことも知っていた。

まぁ、今ここに入院している人達は殆《ほとん》ど、この間の討伐で負傷した人達ばかりだから、皆同僚なのよね。

仲間が治って嬉しいのは皆同じようで、あちらこちらで歓声が上がっている。

中には治療された人と一緒になって、私にお礼を言ってくれる人もいたり。

いやー、いいことしたわーと一人満足し、そろそろ研究所に帰るかと病室を出たところで、ＭＰポーションを抱えた騎士さんと遭遇した。

そういえば、途中でＭＰ足りなくなるかもと思って頼んでたんだった。

意外にも、あの病室にいた全員を治す分にはＭＰが足りたのよね。

欠損を治すのに結構魔力を込めたつもりだったんだけど、『ヒール』に使うＭＰって、それ程多くないのかもしれないわね。

しかし、せっかく取ってきてもらったのに使わないっていうのも申し訳ないのよね。

うーん、練習も兼ねて他の人たちも治していこうかしら？

うん、そうしよう。

どうせもう一般人だと言い張れないレベルでやらかしている気がするし。

ここは開き直って、他の病室の患者さん達も治療することにした。

持ってきて貰《もら》ったＭＰポーションを自分で運ぼうとしたんだけど、持ってきてくれた騎士さんや他の人達に固辞され、私の代わりに運んでくれた。

そうして隣の病室に向かうと、私とＭＰポーションを持った騎士さんの後ろに、野次馬をしに来た人達が続いた。

何ていうか、気分は某ドラマの総回診。

注目を浴びてて非常に恥ずかしいのだけど、どうしようもないので諦《あきら》めた。

そして再び、ＭＰポーションを飲みつつ、一人一人と向き合って治療していたのだけど、流石《さすが》に病院全体となると人数が多い。

いい加減、単体で『ヒール』をかけるのも飽きてきたところで、以前読んだ魔法の本に範囲回復の魔法が載っていたのを思い出した。

物は試しで、挑戦することにした。

欠損のような重傷患者は既に全員治療済みだし、残るのは比較的軽症の患者ばかり。

失敗して中途半端に治ったり、魔法が発動しなかったとしても、また一人一人『ヒール』で治せばいいからね。

次に入った病室で、部屋の真ん中まで歩いて行って立ち止まると、今までは掌に集中していた魔力を、自分を中心に部屋に満たすような感じで放出させる。

放出させるといっても、魔力を体全体から放出させたことはないので、何となく放出しろーっと体の中にある魔力を外に押し出すようなイメージで精神を集中する。

「『エリアヒール』」

魔法を唱えた途端に、体からごっそりと魔力が抜ける感じがして、私を中心に魔法陣のようなものが床一面に描かれた。

魔法陣は白い光の線で描かれ、魔法陣で囲まれた範囲には『ヒール』を唱えたときと同じような金色のラメ入りの白い靄が薄くかかる。

とても幻想的で、いかにもファンタジーだなと思う光景は数秒で収まった。

上手くいったかなと周りを見回すと、魔法陣に入っていた人達は皆回復したようだった。

皆、しきりに自分の怪我の具合を確認していて、ちゃんと治っていたのだろう、彼等の口元に笑みが浮かんだ。

よしっと内心ガッツポーズを決めていると、後ろから声がかかった。

「今のは……、範囲回復か？」

聞き覚えのある声に振り向くと、所長と団長さんがいた。

「ええ、そうですけど。所長はどうしてここに？」

「どうしたもこうしたも、帰りは遅いし、第三騎士団の奴《やつ》がMPポーションを取りに来るしで、気になったから見に来たんだ」

「すみません……」

呆《あき》れたように言われたけれど、ちょっとだけバツが悪くて謝ると苦笑された。

「それにしても、派手にやったようだな」

「いや、それほどでも……」

「あぁ、さっき会ったが、腕や足をなくした者達が皆治っていたからな。驚いた」

所長に続き、畳み掛けるように団長さんまで同意する。

うん、少しやり過ぎたかなとは自分でも思うのだけど、だってしょうがないじゃない！

期待されてしまったんですもの。

期待には応えないと。

…………。

…………。

……。

ごめんなさい。

ちょっと魔法を使ってみたかったのもあります。

「まぁ、でも、よくやったな」

ちょっとだけ俯《うつむ》いて反省していたら、所長はそう言って、労《ねぎら》うように所長と団長さんに肩をポンと叩《たた》かれた。

◆

「セイ」

王宮を歩いていると、少し離れた所から声をかけられた。

声のした方を向くと、顔見知りの第三騎士団の騎士さんだった。

笑いながら手を挙げているのを見て、こちらも手を振り返す。

お互い仕事中なので、通りすがりの簡単な挨拶《あいさつ》のみで済ませる。

召喚されてからというもの、声をかけ合うような知り合いといえば同じ職場の研究員さん達くらいだったのだけど、最近では騎士さん達もこういう風に声をかけてくれるようになった。

先日の病院の一件で、一気に知り合いの騎士さんが増えたから、このところ王宮内を歩いていると誰かしらに声をかけられるのよね。

今日のように研究所と図書室との往復くらいしか王宮を歩いていないにもかかわらずね。

薬用植物研究所に引き篭《こ》もっていた私の世界は、あの一件であっと言う間に広がったと思う。

図書室に入り、研究所で借りていた本を司書さんに渡していると、今度は「あっ」という小さな声が聞こえた。

声を上げたのはローブを着た人で、振り向くとがっつりと目が合ってしまった。

格好から宮廷魔道師さんだとは思うのだけど、知り合いではない。

曖昧《あいまい》な笑顔を浮かべながら首を傾《かし》げると、相手も同じような笑顔で取り繕った。

丁度、司書さんが返却する本の確認を終えたので、それを機にその場を離れる。

今回は相手の声で気付いたのだけど、ふとしたときに顔を上げると近くにいる人と視線が合うことが増えたような気がする。

何となくそう感じるだけだけどね。

自意識過剰だと言われそうだから、誰にも言わずに心の中でひっそりと思うだけに留《とど》めてるけど。

本の返却が終わった後は、次に借りる本を探しに書架の間を歩く。

図書室にも何度も通ったお陰か、目的の本が何処《どこ》にあるかは大体分かるようになった。

次々と目的の本を見つけては手に取り、書架の一番上の段に最後の一冊を見つけたので手を伸ばすと、隣から伸びた手が先に本を取った。

「どうぞ」

「ありがとうございます」

微笑《ほほえ》みながら本を手渡してくれたのは文官さんだろうか?

騎士服でもローブでもない格好だから多分そうだと思うけど。

手が届かない訳ではなかったのだけど、ちょっと分厚い本だったので、取って貰って助かった。

お礼を言って、再び司書さんの所に戻る。

そういえば、最近ここに来る人も増えたわよね。

以前は私一人しかいない時間帯もあったくらい閑散としていたイメージで、図書室で会う人なんてリズか数人の文官さんくらいだったのに、最近は今まで見たことのない人もいて、何時《いつ》来ても誰かしらいるのよね。

図書室が有効活用されるのはいいことだけど、貸し切り状態で読書をするのも好きだったんだけどな。

そこは少しだけ残念。

「セイ様！」

新しく借りた本を抱えて図書室を一歩出ると、また声をかけられた。

今度は第二騎士団の騎士さんだ。

顔を見なくても分かる。

私を様付けで呼ぶのは、あそこの騎士団の人しかいないもの。

日本のお店では様付けで呼ばれることもあったけど、それは苗字で、名前に付けられたことはない。

だから、第二騎士団の人にそう呼ばれるのは面映《おもは》ゆくて、様付けはやめてくれってお願いしたんだけど、一向に改善される気配はないのよね。

「本、お持ちしますね」

「すみません、いつもありがとうございます」

「いえいえ。これくらい任せてください」

彼は爽《さわ》やかな笑顔を浮かべ、私が持つ結構いい重さの本を軽々と取り上げてしまう。

これも、ここ最近の恒例行事なのよね。

最初の頃は、申し訳ないので一生懸命お断りしようとしたのだけど、全然引き下がってもらえなくて、このところはもう諦めてさっさとお任せしてしまっている。

どうもこの間の一件から、第二騎士団の人達にはえらく崇拝されてしまったみたいで、様付けで呼ばれたり、図書室の帰りに誰かしら本を一緒に運んでくれたりするようになったのよ。

確かに、重い本を持って王宮から研究所まで歩くのは大変だから助かるのだけど、毎回図書室に行く度に誰かいるのよね。

いつも違う騎士さんだからストーカーって訳ではないのだけど、毎回第二騎士団の人に会うのはかなり不自然。

まさか当番制で図書室の近くに待機してる訳じゃないわよね？

そうじゃないと思いたい。

道中、騎士さんと何とはなしに雑談をしながら歩くと、研究室まではあっという間だ。

いつも通り、お礼を言って研究所の中に入る。

今日借りてきた本の中には所長に頼まれていた物もあるので、それ以外は研究員さんの一人に渡して、所長室に向かう。

「所長、頼まれた本をお持ちしました」

「ありがとう、そこに置いておいてくれ」

所長室のドアをノックした後、返事があるのを待って中に入る。

所長は丁度書類を書いている最中だったので、指示通り、指差された場所に持ってきた本を置いた。

「今日もまた送ってもらったのか？」

「そうですね」

書類を書き上げたからか、所長は書類から顔を上げてにやりと笑い、翻って私はぐったりした顔で返す。

所長には一度、第二騎士団の人に入り口まで本を運んで貰《もら》っているところを見られたのよね。

そのときにどうしたのか聞かれたので、このところ毎回送ってくれるんですよねと話してある。

「最初は断ったんですけど、さっぱり諦めてもらえないので、こちらが諦めることにしました」

「そうだったのか。まぁ、仕方ないな」

「仕方ない？」

「この間、お前が色々とやらかしただろう。あの一件で、第二騎士団ではお前はもう【聖女】だって言われてるらしいからな。もっとも、そう言ってるのは第二騎士団だけじゃないらしいがな」

苦笑しながらの所長の言葉に、「嗚呼《ああ》、やっぱり」と内心溜息《ためいき》を吐《つ》く。

世間の評価では確実に私は一般人から遠退《とおの》きつつあるみたいね。

あれだけ派手にやらかしたもの。

第二、第三騎士団だけじゃなくて、噂が噂を呼んで、それ以外の王宮の人達にも色々と話が出回っていても仕方がない。

予想通りではあるし、あのときは仕方なかったんだと思う気持ちはあるのだけど、溜息を吐きたくもなる。

できるなら、私はひっそりと静かに、平和に暮らしたい方だしね。

でもまぁ、いいかな。

皆、とても喜んでくれたし。

あのとき、泣き出したり、叫んだり、側《そば》にいた人達と肩を抱き合って喜び合っていた騎士さん達を思い出して、治療して良かったと、私は心からそう思った。

そう一人納得して、心を落ち着かせていた私に、次の所長の話は再び衝撃を与えた。

「お前が【聖女】かどうかは、そろそろはっきりするだろう」

「えっ？」

「先程、宮廷魔道師団から連絡があった。お前のステータスを確認させて欲しいそうだ」

所長から投下されたのは、宮廷魔道師団、師団長によるステータス鑑定がいよいよ行われるという、私にとっては特大級の爆弾だった。

あとがき

はじめまして、橘《たちばな》由華《ゆか》と申します。

この度は、本作を手に取っていただき、ありがとうございます。あとがきというか、お礼ということで、少しばかりお付き合いいただけると幸いです。

本作は色々なご縁のお陰で刊行することができました。

最初のご縁は、「小説家になろう」様という小説投稿サイトです。

こちらのサイトがなければ、私が自作の物語を公開することはなかったでしょう。家族にこのサイトを教えてもらい、様々な方が投稿されている作品を読み漁っていたところ、自分も投稿したくなり、思い立ったが吉日で、小説を書き始めました。

第二のご縁は、「小説家になろう」様で読みに来てくださった方々です。

読んでくれる人がいるのか、どきどきしながら投稿しましたが、大変ありがたいことに初日から読みに来てくださった方がいらっしゃり、休暇が終わる頃には日間ランキングに入ることができました。いただいた感想や評価等は大変励みになっています。ありがとうございます。

そこから約一月、ぼちぼちと投稿していたところ、ある日「小説家になろう」の運営様よりメッセージをいただきました。

「書籍化打診のご連絡」

最初にこのタイトルを見たとき、正直、見間違いじゃないかと思いました。職場からの帰宅途中、スマホのブラウザの更新ボタンを三回押して確認したくらいです。

そのメッセージを送ってくれた方が、第三のご縁である、カドカワＢＯＯＫＳの担当Ｗ様です。刊行に当たってはＷ様に色々とご助力いただき、大変お世話になりました。全てを語るのには行数が足りない程です。本当にありがとうございます。

第四のご縁は、イラストを担当してくださった珠梨《しゅり》やすゆき先生です。華やかで、とても美しいイラスト、ありがとうございました。最初にいただいたキャラデザインも表紙も、素敵過ぎて、帰宅途中の電車の中でスマホを掲げ、スキップしてしまいそうなほど感動しました。

第五のご縁は、この本を手にとってくださった皆様です。

本作を手に取り、そして、ここまでお読みいただき、ありがとうございます。本作は読んでくださる方の癒しになればいいなと思いながら書いています。少しでも皆様の日々の癒し、潤いになれれば本望です。

この他にも、色々なご縁のお陰で、こうして本作を書籍化することができました。皆様には本当に感謝しています。ありがとうございました。

カドカワBOOKS

聖女《せいじょ》の魔力《まりょく》は万能《ばんのう》です1巻《かん》　限定《げんてい》キャラクターデザイン集同梱《しゅうどうこん》パック

2021年3月10日　初版発行

著者／橘《たちばな》　由華《ゆか》

発行者／青柳昌行

発行／株式会社KADOKAWA

〒102-8177
東京都千代田区富士見2-13-3
電話／0570-002-301（ナビダイヤル）

編集／カドカワBOOKS編集部

印刷所／大日本印刷

製本所／大日本印刷

●お問い合わせ
https://www.kadokawa.co.jp/（「お問い合わせ」へお進みください）
※内容によっては、お答えできない場合があります。
※サポートは日本国内のみとさせていただきます。
※Japanese text only

Printed in Japan
ISBN 978-4-04-074030-0 C0093

新文芸宣言

かつて「知」と「美」は特権階級の所有物でした。

15世紀、グーテンベルクが発明した活版印刷技術は、特権階級から「知」と「美」を解放し、ルネサンスや宗教改革を導きました。市民革命や産業革命も、大衆に「知」と「美」が広まらなければ起こりえませんでした。人間は、本を読むことにより、自由と平等を獲得していったのです。

21世紀、インターネット技術により、第二の「知」と「美」の解放が起こりました。一部の選ばれた才能を持つ者だけが文章や絵、映像を発表できる時代は終わり、誰もがネット上で自己表現を出来る時代がやってきました。

UGC（ユーザージェネレイテッドコンテンツ）の波は、今世界を席巻しています。UGCから生まれた小説は、一般大衆からの批評を取り込みながら内容を充実させて行きます。受け手と送り手の情報の交換によって、UGCは量的な評価を獲得し、爆発的にその数を増やしているのです。

こうしたUGCから生まれた小説群を、私たちは「新文芸」と名付けました。

新文芸は、インターネットによる新しい「知」と「美」の形です。

2015年10月10日
井上伸一郎